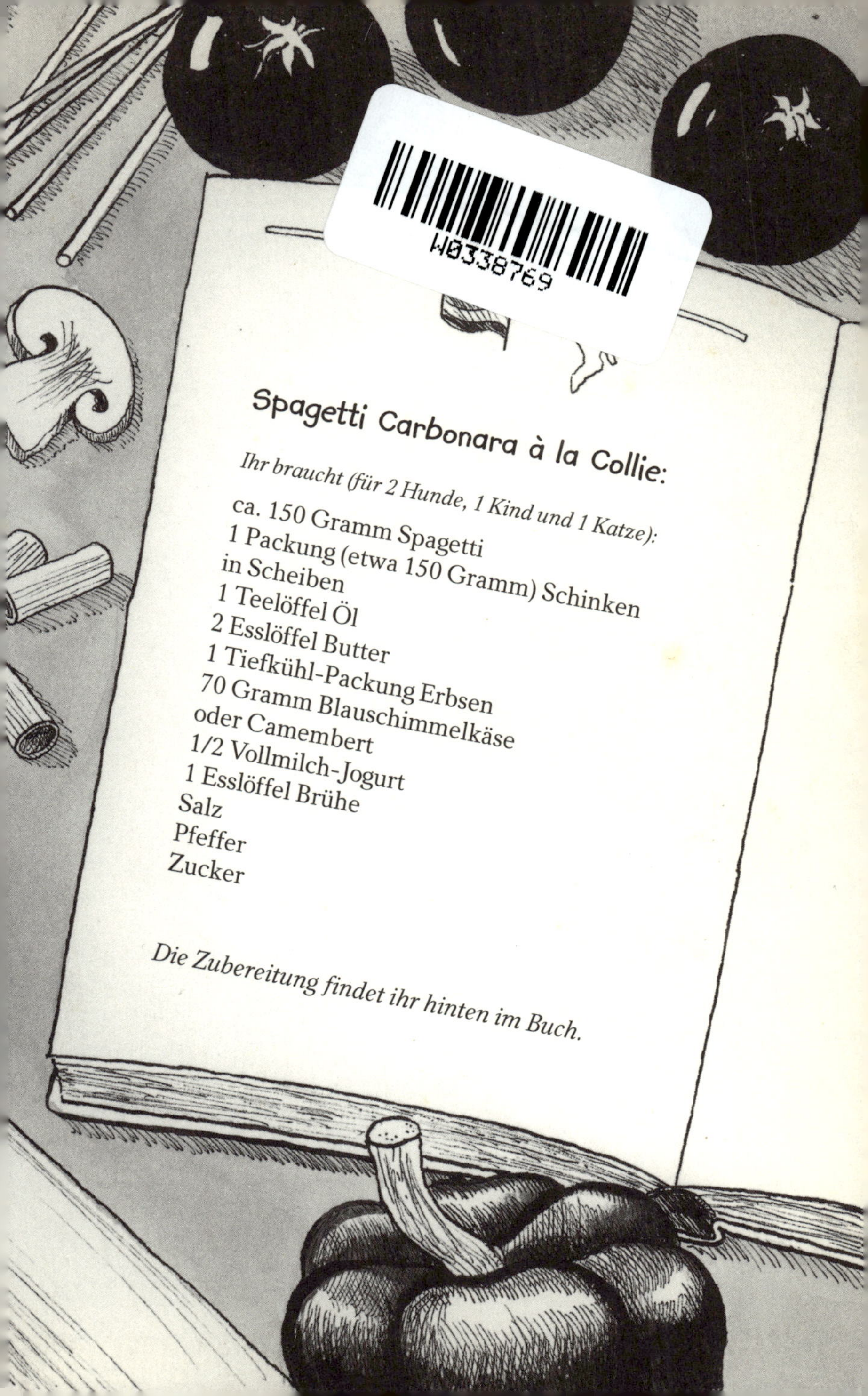
Spagetti Carbonara à la Collie:
Ihr braucht (für 2 Hunde, 1 Kind und 1 Katze):
ca. 150 Gramm Spagetti
1 Packung (etwa 150 Gramm) Schinken in Scheiben
1 Teelöffel Öl
2 Esslöffel Butter
1 Tiefkühl-Packung Erbsen
70 Gramm Blauschimmelkäse oder Camembert
1/2 Vollmilch-Jogurt
1 Esslöffel Brühe
Salz
Pfeffer
Zucker
Die Zubereitung findet ihr hinten im Buch.

Antonia Michaelis · Hundeliebe

Antonia Michaelis

Ein Fall für die Katz

HUNDELIEBE

Zeichnungen von Silvio Neuendorf

Loewe

Bibliografische Information Der Deutschen Bibliothek
Die Deutsche Bibliothek verzeichnet diese Publikation in der Deutschen Nationalbibliografie; detaillierte bibliografische Daten sind im Internet über *http://dnb.ddb.de* abrufbar.

Der Umwelt zuliebe ist dieses Buch auf chlorfrei gebleichtem Papier gedruckt.

ISBN 3-7855-4976-8 – 1. Auflage 2004

Umschlagillustration: Silvio Neuendorf
Umschlaggestaltung: Andreas Henze
Gesamtherstellung: Clausen & Bosse, Leck
Printed in Germany

www.loewe-verlag.de

Inhalt

Opernsänger und Fledermausohren

„Ricardo de la Canta! Ein Ooopernsänger! Ein echter italienischer Ooopernsänger!“, rief Mama Maria und drehte mitten im *Ristorante del Sole*, zwischen den hochgestellten Stühlen, eine Pirouette. Zwei der Stühle fielen herunter. Ich duckte mich vorsichtshalber.

„Mama mia“, sagte ich. „Mama Maria!“

Aber Mama Maria verstand nur „miau“ – wie immer. Vielleicht liegt das daran, dass ich eine Katze bin. „La-la-la-looo“, sang Mama Maria. Mir grauste. Mama Maria kann wundervoll ein Restaurant leiten, aber singen kann sie nicht.

„Denk nur, Ceska“, sagte sie, „zuerst singt er in dieser Oooper – auf Italienisch, natürlich – und dann kommt er hierher und lobt

Papa Paolos Essen. Bestimmt. Und zwar auf Italienisch. Vielleicht singt er sogar – wenn es ihm *sehr* gut schmeckt!"

In diesem Moment kam Andrea durch die Tür des *Ristorante del Sole* hereingestürmt und feuerte ihre Schultasche in die Ecke.

„Ist das wahr, was Papa Paolo erzählt?", fragte sie atemlos. „Hat wirklich ein berühmter Ooopernsänger für heute Abend einen Tisch bestellt?"

„Also bitte", sagte ich, „was soll er denn mit einem Tisch? Ein Essen wird er bestellt haben, was sonst. Und im Übrigen kann ich das Wort Ooopernsänger nicht mehr hören."

Damit stolzierte ich würdevoll in Richtung Küche davon. Irgendjemand musste ja das Essen für den Oo-, na, ihr wisst schon, kochen, anstatt dauernd nur über ihn zu reden. Und wenn ich Papa Paolo nicht zeigte, was er in das Essen zu tun hatte, wie ich es stets tat, wie sollte er dann etwas Einmaliges zubereiten?

Ah, im Übrigen. Falls ihr unbegreiflicherweise noch nichts von meinem Ruhm gehört habt: Ich, Ceska (tut mir den Gefallen und denkt daran: vorne mit „tsch“) – also, ich gehöre zu den schönsten Katzen der Welt. Ganz objektiv gesehen. Und da ich nicht nur als begnadete Köchin bekannt bin, sondern auch als erstklassige Detektivin, kann man zu Recht sagen: Ich gehöre auch zu den intelligentesten Katzen der Welt (ganz objektiv gesehen).

„Ceska!“, rief Andrea mir nach. „Warte!“ Doch da war ich schon im Küchenschrank, um die richtigen Nudeln auszusuchen. Andrea ist zwar meine beste Freundin, aber wenn ein echter Opernsänger kommt, sind Nudeln wichtiger.

Die Kerzen auf den Tischen des *Ristorante del Sole* verströmten ein warmes, behagliches Licht, und aus der Küche drang ein beinahe schon betäubender Duft, als das Taxi vorfuhr.

„Er kommt!", rief Andrea und raste zur Tür. Eigentlich sollte Andrea um diese Zeit zu Hause und vermutlich auch im Bett sein. Aber ihre Eltern sind Ärzte und so beschäftigt, dass sie meistens überhaupt vergessen, dass sie eine Tochter haben. An diesem Abend hatte Andrea ihr bestes Kleid an und eine Blume aus dem Garten im Haar.

„Also, wenn Andrea *mir* die Tür öffnen würde", hörte ich plötzlich Alberts Stimme neben mir, „würde ich sofort eine ganze Oper für sie singen."

„Oh Gott", sagte ich. Wann hatte Albert sich in das Restaurant geschmuggelt? Ich drängelte ihn unter einen Tisch und hielt ihm mit einer Pfote die Schnauze zu. Albert, muss man wissen, ist nicht nur genauso unmusikalisch wie Mama Maria, sondern auch noch ein Hund. Was ja wohl alles sagt.

Durch die Tür kam jetzt ein kleiner, kugeliger Mann in einem weiten Samtmantel und mit einem Strauß dunkelroter Rosen im Arm. Hinter ihm her wehte ein langer, weißer Seidenschal. Klar, so musste ein Opernsänger aussehen. Bestimmt hatte er die Rosen von seiner riesigen Fangemeinde geschenkt bekommen.

Als Andrea ihn an seinen Tisch führte, merkte ich, dass er nicht alleine war.

An seiner Seite trippelte ein winziger, hässlicher Hund. Er hatte große Fledermausohren, und um den Hals trug er doch tatsächlich ebenfalls ein weißes Halstuch. Und dann – dann sprang er einfach auf den Stuhl gegenüber dem kugeligen Mann.

„Sieh dir das an“, flüsterte Albert angewidert. Er hätte den kleinen Hund mit einem Haps verschlucken können.

„Was empfehlen Sie uns denn Gutes?“, fragte Ricardo de la Canta, räusperte sich und entfaltete eine frisch gebügelte Serviette.

„Ihnen beiden? Ja, äh ... “, sagte Mama Maria hilflos und starrte den kleinen Hund an. „Was – was frisst denn der Hund sonst so?“

„Mein Hund frisst nicht, er isst“, erklärte Ricardo de la Canta mit freundlichem Nachdruck. „Und am liebsten isst er natürlich Austern.“

„Austern ...“, wiederholte Mama Maria tonlos. Austern hatten wir nicht. Ich wusste das. Andrea wusste es auch. „Aber Austern isst man doch nur in Monaten mit L!“, sagte sie. „Und jetzt haben wir August. Wie wäre es mit unserem Überraschungsmenü für kleine Gäste?“

„Natürlich“, nickte der Opernsänger. „Wunderbar. Alles ganz wunderbar.“

Aus dem Augenwinkel meiner schönen grünen Katzenaugen sah ich, wie Albert sich mit angeekeltem Gesichtsausdruck davonmachte. Und in diesem Moment hatte ich auf einmal das sichere Gefühl, dass keineswegs alles ganz wunderbar war.

Etwas würde geschehen. Ich spürte es daran, wie meine Schnurrhaare zitterten. Etwas Schreckliches.

Als Albert aus der Tür des *Ristorante del Sole* trat, sog er die Nachtluft tief ein. „Was für ein ekelhaftes, verwöhntes Biest!“, dachte er. Noch eine Minute länger, und er hätte das lächerliche Hundchen selbst zum Abendessen verspeist.

Er würde ein wenig im Park spazieren gehen – doch was war das? Albert hielt inne, die zitternde Nase hoch in die Luft erhoben. Ein betörender Geruch zog ihn unaufhaltsam in eine bestimmte Richtung.

„Da bist du ja!“, rief eine leise Stimme. „Endlich! Ich warte schon so lange!“

Albert versuchte, im sommergrünen Geäst etwas zu erkennen, aber es war zu dunkel. Die Stimme kam aus dem Gebüsch gegenüber vom Eingang des *Ristorante*.

„Wer bist du?“, flüsterte er.

„Das tut nichts zur Sache“, antwortete es im Gebüsch. „Komm zu mir. Komm, komm ...“

Da ging Albert um das Gebüsch herum, und dort auf dem Kiesweg saß das schönste, vollkommenste Geschöpf, das er je gesehen hatte. Es war eine Colliehündin. Ihr Fell ergoss sich in anmutigen Strähnen über ihre Flanken, und ihre großen Augen waren voller Geheimnisse. Der Duft jedoch, der von ihr ausging, war das Unwiderstehlichste an der Hündin.

„Fang mich“, sagte sie neckisch und sprang zwischen den Parkbäumen davon.

„Nein!“, rief Albert, „warte! Ich kann nicht zu weit vom Restaurant weg! Ceska weiß nicht, wo ich ...“

Am anderen Ende der Wiese leuchtete das

helle Fell der Colliehündin durch die Dunkelheit zu ihm herüber.

„Folge mir!“, lockte sie mit sanfter Stimme. „Folge mir doch! Was soll schon geschehen?“

Ihr Duft hatte sich in Alberts Nasenlöchern festgefressen. Ohne sich noch einmal nach dem Restaurant umzudrehen, rannte er über die taunasse Wiese – der Colliehündin nach.

Sie triumphierte still. Sie hatte ihn. Den Hund des Opernsängers. Er würde mit ihr gehen, wohin auch immer sie wollte. Und sie wusste *genau*, wohin.

Keine Fährte

Die letzten Kerzen waren längst erloschen, Andrea im Gästebett untergebracht und die Küche aufgeräumt, als ich es merkte.

„Wo ist Albert?“, fragte ich die leeren Tische. Keiner von ihnen antwortete.

Ich wusste, Albert war gegangen, weil der kleine Hund mit den Fledermausohren ihn zur Raserei gebracht hatte. Verständlich. Das Biest benahm sich, als könnte es nicht bis drei zählen, und sein Herrchen bestand darauf, dass es am Tisch mit ihm aß. „Ein Wunder“, dachte ich, „dass es nicht Messer und Gabel benutzen muss.“

Aber trotz allem – hatte Albert nicht zurückkommen wollen? War er nicht neugierig, ob es dem Opernsänger geschmeckt hatte? Es hatte. Ich machte mich auf den Weg zu Alberts Wohnung, um es ihm zu erzählen.

Bestimmt war er längst zu Hause, und ich machte mir völlig grundlos Sorgen.

Doch ein gewisses flaues Gefühl hinter den Ohren wurde ich trotzdem nicht los.

Albert wohnt mit einem Polizisten zusammen – einem sehr netten Polizisten, wenn er auch nur den Verkehr polizisiert. Er heißt Herr Schmidt und hat einen ziemlich festen Schlaf. Ich musste eine geschlagene halbe Stunde vor der Tür singen (keine Oper), ehe er mir öffnete.

„Ceska, Katzenvieh!", sagte Herr Schmidt und gähnte ausgiebig. „Was machst du denn hier um diese Zeit? Warum schläfst du nicht?"

„Erstens“, erklärte ich, während ich an ihm vorbei in die Wohnung spazierte, „bin ich kein Vieh, sondern eine Dame. Zweitens ist das überhaupt keine Zeit zum Schlafen. Hat euch Menschen nie jemand gesagt, dass man nachts viel mehr erleben kann? Und drittens – wo ist Albert?“

Herr Schmidt gähnte noch einmal. „Ich werde mich wieder hinlegen, wenn du gestattest“, sagte er. Natürlich hatte er kein Wort von dem verstanden, was ich gesagt hatte. Egal, Hauptsache, er ließ mich herein.

Im Wohnzimmer war Albert nicht, und in Herrn Schmidts Bett fand ich ihn auch nicht, obwohl ich gründlich dort nachsah. Er war nicht im Bad und nicht in der kleinen Küche, nicht in der Abstellkammer und bestimmt nicht im Geschirrschrank.

Nachdem ich Herrn Schmidt durch das Schlafzimmerfenster verlassen hatte, saß ich eine Weile ratlos auf einer Mülltonne vor dem Haus.

Strich Albert noch immer irgendwo durch die Straßen und ärgerte sich? Einfach, weil er ein dummer, sturer Hund war? Machte ich mir zu viele Gedanken?

„Geh nach Hause, Ceska“, sagte ich zu mir selbst, „geh nach Hause und warte einfach. Bestimmt ist Albert morgen wieder da.“

Nein, am nächsten Morgen war Albert *nicht* wieder da. Und gegen Mittag tauchte sogar Herr Schmidt auf, um zu fragen, wo sein Hund abgeblieben wäre.

„Albert?“ Mama Maria zuckte mit den Schultern. „Keine Ahnung. Aber wir haben für heute Abend wieder eine Tischreservierung von unserem Opernsänger! Ricardo de la Canta fand unser Essen so hervorragend, dass er beschlossen hat, immer bei uns zu speisen, solange er in der Stadt ist! Was sagen Sie dazu, Herr Schmidt?“

Sie reckte ihm stolz ihren üppigen Busen entgegen.

„Sehr schön, sehr schön“, grummelte Herr Schmidt geistesabwesend. Er machte sich Sorgen um Albert.

Ich mir auch.

„Andrea“, sagte ich und rupfte an ihrem Hosenbein. „Andrea, wir sollten ihn suchen gehen. Wenn das nun ein Kriminalfall wird ...“

Andererseits konnte ich mir nicht vorstellen, wie Albert es angestellt haben sollte, auf kriminale Art zu entschwinden. Dazu ist er einfach nicht intelligent genug. Dieser Gedanke beruhigte mich wieder.

Ich ging trotzdem hinaus und versuchte, eine Fährte zu wittern. Hunde tun das. Ich roch nichts. Das heißt: Ich roch Papa Paolos Essen aus der Küche – Basilikum, Thymian, Rosmarin ... – und ich roch das Wachs der Kerzen, die auf den Abend warteten. Ich roch eine entfernte Maus und ich roch Andreas Haarwaschmittel.

Aber das, was Hunde angeblich immer riechen, roch ich nicht: eine Fährte.

Wie, bitte sehr, riecht man eine Fährte? Wonach riecht sie? Nach demjenigen, der sie hinterlassen hat? Nach der Uhrzeit, zu der er da war? Nach seinem letzten Abendbrot?

Alberts Fährte, überlegte ich, müsste ungefähr groß und zottelig riechen. Vielleicht nach den Blumenbeeten, in denen er immer herumgrub. Ich senkte meine fleckenlose rosa Nase zu Boden und ging entschlossen in irgendeine Richtung. Andrea folgte mir. „Verflixt, Andrea!“, dachte ich verzweifelt. „Ich habe doch keine Ahnung!“

„Toll“, sagte Andrea. „Toll, wie du das machst, Ceska. Ich dachte immer, nur Hunde können Spuren finden.“

„Fragt sich“, dachte ich, „ob auch Hunde bloß so tun.“ Wir kamen am Park vorbei, an den hohen Bäumen und dem Fußballplatz ... Da ich natürlich noch immer nichts roch, hielt ich verzweifelt Ausschau nach einem Pfotenabdruck. Nichts. Bestimmt würde Albert gleich hinter einem Busch hervorspringen und mich auslachen.

Aber wen wir hinter dem nächsten Busch trafen, war nicht Albert, sondern zwei Kinder. Sie erschreckten mich beinahe zu Tode, und ich hob meine Nase schnell vom Boden.

„Wir suchen Albert“, erklärte Andrea. „Ist er euch zufällig über den Weg gelaufen?“

„Dieser große Zottelhund?“, fragte Lilli mit schreckgeweiteten Augen. „Nein. Den hab ich Gott sei Dank nicht gesehen.“

„Aber ich“, meinte Josch nachdenklich. „Gestern Abend.“

Andrea packte ihn am Arm. „Wohin ist er gelaufen?“, fragte sie.

„Na ja, in Richtung Innenstadt, aber ... wenn er es gar nicht war? Und – Andrea! Da ist noch etwas! Warte!“

Doch Andrea hatte seinen Arm bereits losgelassen und stürmte davon. In Richtung Innenstadt. Ich stürmte ihr nach.

Wohin, fragte ich mich, wollten wir?

Ich hatte jedenfalls keine Lust, meine Nase über alle Straßen der Innenstadt schleifen zu lassen und so zu tun, als fände ich eine Spur. Es war einfach zu viel. Daher gab ich es nach ein paar Ecken auf, Andrea hinterherzulaufen, und setzte mich hin.

„Was ist los?“, erkundigte Andrea sich besorgt. „Geht's dir nicht gut?“

Sie kniete sich hin und kraulte mich hinter dem rechten Ohr.

„Mir geht es wunderbar“, antwortete ich. „Ich bin bloß kein Hund.“

„Ach“, sagte Andrea, ohne etwas zu verstehen. „Ach, Ceska. Ich glaube, wir sollten zurückgehen. Vielleicht finden wir zu Hause noch einen Anhaltspunkt.“

Der Tag zog sich schon hinter den Horizont zurück, als wir wieder beim Restaurant ankamen. Mama Maria zündete eben die Kerzen in den Fenstern an.

Vor der Eingangstür zum Restaurant saß Josch auf den Stufen.

„He, ihr beiden“, sagte er. „Ihr seid vorhin viel zu schnell abgehauen.“

Deshalb, wisst ihr, mag ich Josch. Er nimmt mich für voll. Er sagt „He, ihr“, wenn ich dabei bin.

„Gestern Abend –“, fuhr Josch fort, „euer Freund, der Hund. Albert ... er war nicht allein.“

Noch immer keine Fährte

Als er erwachte, fühlte Albert sich benommen. Verwirrt blinzelte er. Die Erinnerung kroch langsam durch seine Hirnwindungen, zäh wie Pizzateig. Er war lange und weit gelaufen. Immer der schönen Colliehündin nach. Er hatte sogar einen kleinen Bach durchquert und zum Schluss auf seinem Bauch eine beinahe endlose Strecke kriechen müssen. Bei dem Gedanken an den engen Gang, durch den er gerobbt war, schüttelte er sich. Am Ende, entsann sich Albert, hatte er nur noch einen einzigen Gedanken gehabt: sich hinfallen zu lassen und zu schlafen, zu schlafen, zu schlafen. Er wollte, dass der Gang aufhörte. Er wollte wieder freien Himmel über sich haben. Er wollte nicht einmal mehr die Colliehündin einholen. Wie ausdauernd sie war!

Er sah die Hündin noch immer vor sich: Als Silhouette vor dem Licht am Ende des Ganges, und dann, einen Augenblick später, nachdem er aus dem Tunnel geschlüpft war: Das Licht des anbrechenden Tages fing sich in ihrem Fell und liebkoste ihre Umrisse ... Das war das Letzte, woran er sich erinnerte, bevor ihm jemand einen Sack über den Kopf gestülpt und er gefühlt hatte, wie ihn starke Arme hochhoben und forttrugen ...

Albert gähnte. Wie lange hatte er geschlafen?

Und was war nach der Sache mit dem Sack geschehen? Wieso war er in diesem Raum? Er rappelte sich hoch und ging ein paar Schritte. Verwundert stellte er fest, dass mit ihm alles in Ordnung war. Jemand, dachte er erstaunt, hatte ihn in diesen Sack gesteckt, *ohne* ihm die Beine zu brechen oder ihm ein Ohr abzureißen. Dennoch war die einzige Tür des Zimmers verschlossen; es half nichts, mit der Pfote nach der Klinke zu angeln. Albert seufzte ein tiefes Hundeseufzen und sah sich um. Ein weicher roter Teppich mit Fransen bedeckte den Boden des kleinen

Raumes, und am Rande des Teppichs stand ein großer Napf voll Fleisch. Albert merkte, dass sein Magen knurrte. Er schnupperte an dem Fleisch und entschied, dass es nicht vergiftet war. Papa Paolos *Spagetti Bolognese* schmeckten natürlich besser, aber Albert fraß das Fleisch trotzdem. Dann setzte er sich hin und lauschte. In einem Raum unter ihm lief ein Fernseher.

Verflixt! Die Stimme kannte er doch! Das war dieser Opernsänger, der im *Ristorante del Sole* den hässlichen Hund bei sich gehabt hatte! Albert konnte nicht verstehen, was er sagte. Offenbar gab er ein Interview oder etwas in der Art. Zum Glück sang er nicht.

Und dann hörte Albert ein komisches, hohes Kläffen – das musste dieser Winzlings-Köter sein. Was für ein ekelhaftes Tier. Er hatte sich noch nicht zu Ende geekelt, als unten jemand laut fluchte. Jemand, der sich nicht im Fernseher befand. Das Fluchen war sehr laut und deutlich. Zweistimmig, stellte Albert fest.

Und jetzt verstand er auch die Worte.

„Es ist der Falsche!“, rief eine der Stimmen. „Der verdammte falsche Hund! Wir haben den verkehrten entführt! Der blöde da Canta hat seinen Hund noch immer! Und irgend so ein Straßenköter sitzt jetzt da oben und frisst sich auf unsere Kosten voll! Ich fand ja gleich, dass er komisch aussah, aber du ...“

Es klang, als fiele eine Vase zu Boden. Albert duckte sich, obwohl die Vase ihn ja eigentlich nicht treffen konnte. Langsam begann er, die Wahrheit zu erahnen. Doch noch wollte er lieber nicht darüber nachdenken.

Einen Moment später näherten sich schwere Schritte, und die Tür flog auf. Zwei

Männer in faltenfreien Anzügen standen im Türrahmen und starrten wütend auf Albert hinab. „Du fieser, kleiner Köter!“, sagte der eine. Albert wich zurück. Wo war die Colliehündin? Warum half sie ihm nicht?

Hände in Lederhandschuhen, die nicht zu den Anzügen passen wollten, streckten sich ihm entgegen. Es hätte keinen Sinn gehabt, hineinzubeißen. „Komm!“, säuselte einer der Männer. „Komm schön her. Jetzt ist Schluss mit Theaterspielen. Hast wohl gedacht, du könntest dich hier so einfach einnisten?“ Sein Säuseln klang gefährlich. Vielleicht überlegte er gerade, ob es nicht einfacher wäre, Albert den Hals umzudrehen als ihn aus dem Haus zu werfen?

„Also, das ist doch Unsinn“, beschwichtigte ihn der andere. „Woher soll denn der Hund wissen ...?“

„Schnauze“, sagte der erste Mann. Er packte Albert mit geübtem Griff und hatte ihn gleich darauf im Arm wie ein großes Kind. Ein widerspenstiges Kind. Albert strampelte und schnappte, doch der Mann war stärker. Er trug sein zotteliges Bündel unter einigen weiteren Flüchen durch einen Flur und eine Treppe hinunter. Das Haus, in dem sie sich befanden, war groß und voller Bilder an den Wänden und mehr roten Teppichen auf dem Boden. Albert versuchte, möglichst viele dreckige Haare auf die roten Teppiche und den Anzug des Mannes fallen zu lassen. Er drehte verzweifelt den Kopf hin und her, um Ausschau nach der Hündin zu halten. Doch sie war nirgendwo zu sehen.

Hatte er sie sich am Ende nur eingebildet? Gab es die schöne Colliehündin gar nicht? Hatten die Männer sie ihm vorgegaukelt, um ihn zu fangen? Bei Menschen wusste man das nie. Sie konnten die irrsten Dinge tun, wie zum Beispiel aus kleinen Apparaten sprechen, obwohl sie gar nicht da waren ...

Sie hatten das Erdgeschoss erreicht, und durch eine riesige Glaswand sah Albert einen noch riesigeren Garten mit hohen Bäumen. In diesen Garten schleppte der Mann Albert, trug ihn einen Kiesweg entlang, der andere öffnete eine Tür im Zaun, und dann, endlich, ließen die starken Arme Albert los.

Hinter ihm schloss sich die Tür.

„So“, sagte einer der Männer von drinnen. „Und jetzt lauf fort. Lauf weit fort, und lass dich hier nie wieder blicken, verstanden?“

Albert stellte voller Genugtuung fest, dass der dunkle Anzug des Mannes jetzt von einer schönen, hellen Schicht Hundefell bedeckt war. „Du musst nach Hause gehen“, sagte er sich. „Jetzt gleich. Bestimmt machen sich alle Sorgen um dich.“

Aber ehe er ging, warf Albert noch einen letzten, sehnsuchtsvollen Blick hinter den Zaun, wo vielleicht die wunderschöne Colliehündin wohnte.

Und da sah er sie.

Sie stand zwischen den hohen Bäumen und beobachtete ihn.

„Ha-, hallo“, stammelte Albert und trat wieder einen Schritt näher zum Zaun. „Es – es gibt dich also wirklich?“

„Natürlich“, sagte die Colliehündin. „Warum sollte es mich nicht geben?“

„He!“, rief der Mann in dem Hundehaar-Anzug. „Köter! Du sollst verschwinden, hast du das nicht kapiert? Du bist frei, du kannst gehen!“

Aber Albert wollte nicht gehen. Oh nein. Er wollte vor diesem Zaun sitzen bleiben und die Hündin ansehen. Der Mann hob einen Stein vom Weg auf.

„Hau ab, du dreckige Töle!“, schrie er wütend. Der Stein flog durch die Luft. Albert wich im letzten Moment aus. Doch ein zweiter und ein dritter Stein folgten. Einer davon streifte Albert, und er jaulte empört auf. Dann drehte er sich um und galoppierte die Straße entlang davon.

Doch hinter der nächsten Hausecke blieb er stehen und sah zurück. Die Männer waren vom Zaun verschwunden. Nur die Umrisse der Colliedame zeichneten sich noch immer zwischen den Bäumen ab. Und noch immer lag auch ihr Duft in der Luft. Albert leckte sich die getroffene Pfote und schlich zurück. Da hatten sich die Männer verrechnet. Er würde bleiben.

Bei ihr, der schönsten Hündin der Welt. Und wenn er tagelang vor dem Drahtzaun sitzen musste, ehe er zu ihr gelangte.

„Ein Collie?“, fragten Andrea und ich im Chor. Josch nickte.

„Das muss ein Irrtum sein“, sagte ich. „Albert kennt keine Collies. Er kennt einen Spitz, der zwei Straßen weiter wohnt, und einen Bernhardiner. Aber keinen Collie.“

„Ich glaube, es war eine Colliedame", meinte Josch. „Die Art, wie er ihr nachlief ..."

„Ach, du grüne Mäuse", sagte ich und seufzte. Andrea seufzte auch.

„Der gute alte Albert wird sich doch nicht etwa verliebt haben?", sagte sie.

In dem Moment spuckte ein Taxi unseren Opernsänger aus, und Josch verschwand mit einem Achselzucken. Wir sahen uns an.

„Wenn Josch Recht hat", flüsterte Andrea, „ist Albert wenigstens nichts passiert. Er erlebt ein kleines Abenteuer mit seiner Hundedame, und dann kommt er zurück." Sie bückte sich und hob mich auf, um ihre Wange an meinem Gesicht zu reiben. „Er kommt doch zurück, Ceska, oder?"

„Ich weiß nicht", flüsterte ich unbehaglich, „ich weiß nicht, Andrea."

Ricardo de la Canta stapfte soeben die Stufen zum *Ristorante del Sole* hinauf. Diesmal trug er einen Strauß weißer Lilien, und sein Seidenschal war violett.

„Guuuuten Abend!", rief er und breitete die Arme aus. „Buona sera! Da ist ja die kleine Küchenchefin!"

„Allerdings, allerdings“, antwortete ich würdevoll und drehte mich ein wenig, damit das Licht besser auf mein schönes Profil fiel. De la Canta verbeugte sich und zog eine weiße Lilie aus seinem Strauß. Doch dann überreichte er sie Andrea statt mir. Er hatte sie gemeint! Ärgerlich sprang ich von ihrem Arm und ging mit ausgefahrenen Krallen einmal quer über die glänzenden Schuhe des Opernsängers, ehe er das Restaurant betrat. Er merkte es nicht, aber die Schuhe glänzten danach weniger. Eine hübsche und garantiert sehr haltbare Kratzspur zierte sie jetzt.

Während des Essens setzte ich mich auf den Stuhl neben den kleinen, hässlichen Fledermaushund, der heute ebenfalls ein violettes Halstuch trug. Die Tischdecke verbarg mich, und so konnte ich ihn ungestört beobachten. Zu meinem Erstaunen stellte ich dabei fest, dass er alles andere als glücklich aussah. Er musste sich recken und strecken, um an sein Essen auf dem Tisch heranzukommen, und ab und zu gab er ein leises Jammern von sich.

„He!“, sagte ich. „Was ist los, Kleiner?“

Das Hundchen fiel vor Schreck beinahe um. Es lugte so vorsichtig unter die Tischdecke, als erwartete es darunter einen Löwen oder Tiger. Ich bin natürlich viel schöner als ein Tiger. Trotzdem starrte es mich mit schreckgeweiteten Augen an. „Ha-hallo!“, sagte es. „Ha-hab di-, dich gar nicht bebemerkt. Tu-, tu-, tust du mir auch nichts?“

Das hätte ich mir ja denken können. Das Biest stotterte auch noch.

„Ich könnte dir natürlich ohne Probleme den Kopf abbeißen“, antwortete ich. Ich war ungefähr dreimal so groß wie das Hundchen. „Aber keine Angst. Ich hätte gar nichts davon, weißt du. Du würdest bestimmt ekelhaft schmecken.“

„Es ist so schre-schre-schrecklich!“, jammerte das Hundchen unvermittelt. „I-i-immer mu-muss ich so ein Zeu-Zeug essen u-und auf ei-einem Stu-Stu-Stu-Stuhl sitzen und so ein Ha-Halstuch tra-tragen u-und ...“ Es schniefte. „U-und keiner ma-mag mich.“

„He, he“, sagte ich. Gleich würde das Hundchen anfangen zu weinen! Ich kann heulende Kleinhunde nicht leiden. „Beruhige dich. Ich habe nichts gegen dich.“

„A-a-aber der gro-große Hu-Hund, der gegestern hier war!“, stammelte es aufgeregt. „Wo-wo i-i-ist er?“

„Er ist fort“, sagte ich. „Sehr weit fort vielleicht.“

Und mit einem Mal kam mir eine Idee.

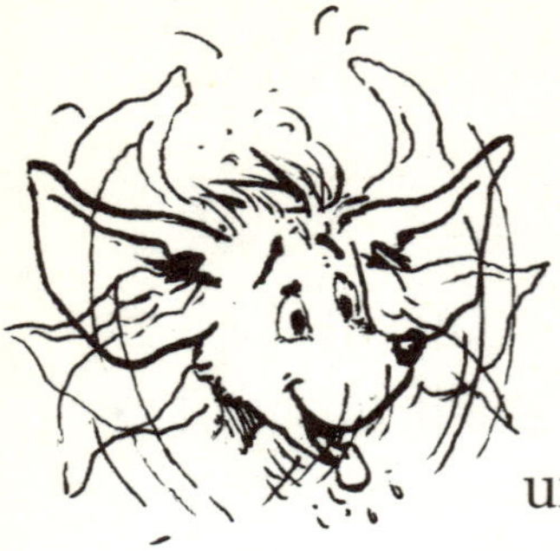

„Kannst du Fährten wittern?“, fragte ich das Hundchen. Es nickte eifrig. Die Fledermausohren flatterten dabei auf und ab wie kleine Fallschirme. Himmel, sah das Tier aus! Und ich hatte immer gedacht, *Albert* wäre ein hässliches Exemplar für einen Hund!

„Kla-klar kann ich Fä-Fä-Fährten wittern!“, antwortete das kleine Vieh. „Ich rie-rieche immer, wo-wo mein O-O-Opernsänger ge-ge-gewesen ist! An sei-seiner Pa-Pa-Parfümfährte!“

„Na wunderbar!“, rief ich. „Komm mit.“

Der kleine Hund plumpste Kopf voran vom Stuhl vor Eifer.

„Nein, also was hat er denn?“, wunderte sich Ricardo de la Canta und entfernte sorgfältig eine Spagetti aus seinem Mundwinkel. „Will der Kleine mit dem Kätzchen spielen? Will er etwa hinaus? So, so. Na, na.“

Der Kleine wollte sogar sehr dringend hinaus. Er war so dankbar, dem zu hohen Tisch zu entkommen, dass er mir draußen geschlagene zehn Minuten lang die Ohren voll stotterte, ehe ich ihm endlich erklären konnte, was ich von ihm wollte.

„Hör zu“, sagte ich. „Du weißt doch noch, wie der große, zottelige Hund riecht?“

Er schnüffelte an der Restauranttür und nickte.

„Ceska!“, rief Andrea, die mit hinausgekommen war, um auf das Hundchen aufzupassen. „Das ist doch die Idee! Er kann Alberts Fährte aufnehmen!“

„Du kommst auch auf alles“, bemerkte ich trocken.

Der kleine Hund sprang vor uns die Stufen hinunter. „Ich he-helfe euch!“, fiepte er dabei. „I-ich he-he-helfe eu-euch, das große

Zo-Zottelmonster zu fi-finden, u-u-und dann lie-lieben mich alle! I-i-ich we-werde ein berühmter De-De-Detektiv u-u-und ..."

An dieser Stelle fiel er in eine Pfütze. Es war wirklich keine tiefe Pfütze, aber er verschwand bis zum Bauch darin. „Oh", sagte er. Dann sagte er eine ganze Weile nichts mehr. Und dann sagte er: „Es re-re-regnet."

Und das tat es. Ein Sommergewitter warf in der Ferne mit ersten Blitzen um sich. Das Hundchen zog den Schwanz ein. „B-b-bei Gewitter g-geh ich nicht ra-raus!", stotterte es.

„Du allein kannst die Fährte finden!", flehte ich. Habe ich schon erwähnt, dass ich über ein ungewöhnliches schauspielerisches Talent verfüge? Ich kann einer Kaffeebohne erklären, sie wäre in der Lage, Mäuse zu fangen, wenn es sein muss. Der kleine Hund schluckte merklich und senkte die zitternde Nase wieder auf den Boden. „Sie ist, sie ist we-weg."

„Wer?", rief ich, mit den Nerven schon völlig am Ende. „Wer ist weg?"

„Die-die Fä-Fährte", antwortete das kleine Hundchen. „De-der Re-Regen. Er ha-, er hat sie fortgespü-gespü-spü... – gewaschen."

Wir trotteten mit hängenden Ohren zurück zum *Ristorante del Sole*. Erst als das Hundchen das Wasser aus seinen Fledermausohren schüttelte, erinnerte ich mich an meine Umgangsformen. „Wie heißt du eigentlich?"

„Piccolo", sagte das Hundchen.

„Das dachte ich mir beinahe", sagte ich.

Wie ich durch die Erde krieche

Albert saß schon eine Ewigkeit vor dem Zaun, als einer der beiden Männer wieder in den Garten kam. Der Mann lockte die Colliedame mit einem Hundekuchen, kniete vor ihr nieder und flüsterte etwas in ihr wunderschönes, weiches Ohr. Alberts Magen zog sich zusammen vor Neid. Er hätte alles dafür gegeben, etwas in das Ohr der Hündin flüstern zu dürfen. Doch als der Mann ihr kurze Zeit später die Gartentür aufhielt und sie hocherhobenen Hauptes hinausstolzierte, beachtete sie Albert gar nicht.

Er wartete, bis der Mann wieder im Haus verschwunden war, ehe er die Verfolgung aufnahm. Diesmal ließ die Colliedame ihn nicht erst nahe herankommen, um dann fortzuspringen. Sie lockte ihn auch nicht. Sie verströmte nur ihren unwiderstehlichen Duft und lief in dieser Duftwolke zielstrebig die Straße entlang. Und als Albert auf einer Höhe mit ihr war, drehte sie nur einmal ganz kurz den Kopf und sagte: „Geh weg."

Er schnaufte verblüfft. „Was ist los?", wollte er wissen. „Du hast mich doch gelockt! Du wolltest, dass ich dir folge! Hier bin ich, und ich muss dir etwas gestehen."

Er überholte sie und stellte sich ihr in den Weg, um den Blick ihrer schönen, dunklen Augen aufzufangen.

„Ich liebe dich", sagte Albert.

Sie schüttelte unwillig den Kopf und drängelte sich an ihm vorbei. „Unsinn“, antwortete sie fest. „So etwas wie Liebe gibt es nicht. Davon reden nur immer alle. Was es gibt, ist der Duft und das Locken und die Hunde, die ich zu meinen Menschen führe. Nur dazu ist all das gut: damit ich sie zu ihnen bringe. Verstehst du? All die Hunde, große und kleine, die Hunde berühmter Leute, die verschwinden! Ich locke sie an und führe sie zu meinen Menschen, in das schöne große Haus mit den roten Teppichen. Dazu bin ich auf der Welt. Zu nichts sonst. Mit Liebe hat das nichts zu tun. Und jetzt geh mir aus dem Weg. Es gibt einen Hund – einen kleinen, hässlichen Hund mit Fledermausohren, der auf meinen Ruf wartet.“

Albert blieb lange Zeit auf dem Bürgersteig sitzen und starrte der Colliehündin verständnislos nach. Dann trottete er zurück in die Richtung, aus der er gekommen war: zurück zum Zaun.

„Ich werde auf dich warten“, murmelte er in sein Bartfell. „Was du auch sagst, ich werde immer, immer auf dich warten, bis die

Erde aufhört, nach Knochen zu riechen und der Himmel Papa Paolos Pizzasalami nicht mehr kennt."

In dieser Nacht hatte ich einen seltsamen Traum. Bestimmt lag das an Papa Paolos unbequemer linker Schulter, die sich einfach nicht platt trampeln ließ.

Ich träumte von Piccolo, der Spagetti aß. Er verhedderte sich ständig darin, und ihm gegenüber saß eine wunderschöne Colliehündin. Sie fasste mit der Vorderpfote ein Weinglas, um ihm zuzuprosten. „Ich bin nur deinetwegen gekommen", sagte sie.

Piccolo starrte sie ungläubig an. Er hatte sich inzwischen mit den Spagetti derart gefesselt, dass er sich nicht mehr bewegen konnte.

„A-aber", stotterte er, „aber i-ich wi-will doch nu-nur hier ra-ra-raus!"

In diesem Moment fuhr ich schweißgebadet hoch. „Ich muss Piccolo warnen", dachte ich schlaftrunken. Aber wovor? Vor Spagetti?

Am nächsten Morgen erwachte ich übermüdet und schlecht gelaunt und war sehr böse auf Papa Paolos unbequeme Schulter. Ich würde ihm empfehlen, sie sich bei Gelegenheit wegoperieren zu lassen.

Und ich würde – bei Gelegenheit – mit Piccolo sprechen.

Die Gelegenheit sollte sich erst am Abend ergeben, als Ricardo de la Canta zum dritten Mal im *Ristorante del Sole* zu speisen wünschte. Diesmal trug er einen Bund gelber Chrysanthemen im Arm, doch um Chrysanthemen konnte ich mich jetzt nicht kümmern. Ich sprang auf den Stuhl neben dem Hundchen und stupste es vorsichtig an. Es machte einen Satz, fasste sich aber gleich wieder, als es mich erkannte, und wandte mir seinen klagenden Blick zu. „Mu-Muscheln!“, stöhnte es. „Ich mu-muss heute t-t-tatsächlich Mu-Muscheln e-e-essen! Ich ha-habe keine A-Ahnung, w-wie m-man die Dinger aufbekommt u-u-und …“

„Es geht jetzt nicht um Muscheln“, erwiderte ich. „Es geht um die Colliehündin!

Die Hündin, der Albert nachgelaufen ist! Der große Hund, du weißt schon. Ich habe von ihr geträumt. Du musst dich in Acht nehmen. In meinem Traum ist sie wiedergekommen und – und hat dich in Spagetti verwickelt und ...“

Ich brach ab, weil ich merkte, wie sinnlos das klang. Es war nur ein Traum gewesen, weiter nichts.

„Komm mit“, sagte ich zu Piccolo. „Wir gehen in die Küche und finden eine Dose Hundefutter für dich.“

„Wi-wirklich?“, rief Piccolo glücklich. „E-echtes Hu-Hu-Hundefutter?“

Kurz darauf versank er beinahe in der Schüssel.

„Aber versprich mir“, sagte ich, „wenn du eine Colliehündin siehst, sagst du uns Bescheid, ja?“

„Mmm-mmm-m“, mümmelte Piccolo. Er stotterte sogar beim Mümmeln.

Ich saß mit Andrea auf den Stufen des Restaurants und sah in die Nacht hinein, als es geschah. Piccolo schnüffelte unten an einem Pfosten herum. Er schnüffelte schon so lange und so ausgiebig, dass wir aufgehört hatten, wirklich auf ihn zu achten. Plötzlich stupste Andrea mich an und flüsterte: „Ceska. Ceska, wo *ist* er?“

„Wie? Wer?“, fragte ich und sagte gleich darauf: „Ach so. Oh. Oh nein!“

Ich sprang auf. Piccolo war fort.

„Da!“, rief Andrea und zeigte in die Dunkelheit. Am Rande des Parks unter einer alten Eiche zeichnete sich ein heller Fleck in der Nacht ab. Ein Fleck, zu groß, um Piccolo zu sein. Es war die Colliehündin. Und dann sah ich den kleinen Schatten, der über die Straße auf sie zulief.

„Piccolo!“, schrie ich. „Warte!“

Doch es war zu spät.

Die beiden Flecken – der kleine und der große – verschwanden gemeinsam im Unterholz des Parks.

„Los“, sagte Andrea. „Hinterher!“

Wir fielen die Stufen eher hinab, als dass wir rannten. Meine makellosen Pfoten rasten wie von selbst unter mir durch den Park, liefen dann über rauen Asphalt ... Die hohen Häuser warfen Sternenschatten auf unseren Weg, und alles erschien mir sehr unwirklich.

Ab und zu verschwanden die Flecken vor uns, dann tauchten sie wieder auf, und ich dachte schon, wir würden bis in alle Ewigkeit so durch die Nacht spurten, da endete die Jagd so abrupt, wie sie begonnen hatte. Die Colliehündin blieb vor einem niedrigen, verfallenen Schuppen stehen, der zwischen den neuen Häusern seltsam fehl am Platze wirkte. Andrea und ich verbargen uns hinter einer Mauerecke. Ich beobachtete, wie die Colliedame sich nach allen Richtungen umsah, ehe sie durch eine Lücke in der Bretterwand schlüpfte. Piccolo folgte ihr.

Und auch wir lösten uns von der Ecke und schlichen zu dem Schuppen hinüber. Das Loch in der Wand war auch für Andrea groß genug. Kurze Zeit später befanden wir uns im düsteren Inneren des Schuppens. „Ich – ich kann gar nichts sehen", flüsterte Andrea. „Das macht nichts", beruhigte ich sie. „*Ich* kann ja etwas sehen. Sie sind fort. Wie seltsam! Wo sind sie hingegangen?"

Der Blick meiner schönen grünen Nachtaugen glitt über die festgetretene Erde, die den Fußboden des Schuppens bildete. Und dann entdeckte ich das Loch.

„Dort hinein, Andrea!", wisperte ich und zog an ihrer Hose. Sie kniete sich hin und tastete. „Das ist verflixt eng, Ceska."

Ich nickte. Dann fiel mir ein, dass sie das im Dunkeln nicht sehen konnte, und ich sagte: „Ja, verflixt eng. Für einen Menschen. Für eine Katze ist es recht geräumig. Wir sehen uns im Restaurant wieder. Mach dir keine Sorgen, Andrea."

Und mit diesen Worten verschwand ich in dem Erdloch.

Das Erdloch war gar kein Loch, sondern ein Gang. Ein endloser Gang, wie mir schien. Ich konnte aufrecht darin gehen und hatte noch eine Menge Platz über mir, aber Andrea hätte sich platt machen müssen wie ein Pfannkuchen, um hindurchzukriechen. Der Gang führte um zahllose Windungen und Kurven, und er war so dunkel, dass selbst meine perfekten Augen nichts erkennen konnten.

Einmal huschte eine Ratte ein Stück vor mir her und verschwand dann wieder irgendwohin. Vermutlich wohnte sie hier unten. Ich machte mir nicht die Mühe, sie zu jagen. Sollte sie ihren Kollegen ruhig von meinem Mut berichten, mich unter die Erde zu wagen – vielleicht, überlegte ich, würde sie einmal ein Buch darüber schreiben, und ich würde berühmt werden ... bei Ratten habe ich immer so ein Gefühl.

Ärgerlich war nur, dass mir dauernd Erdkrümel von oben ins Fell fielen. Ich würde mich am anderen Ende des Ganges ausgiebig putzen müssen. Was, dachte ich, würde ich an jenem anderen Ende des Ganges finden? Würde ich überhaupt etwas finden? Oder hatte die Colliehündin uns doch gesehen und den Gang nur gewählt, um uns abzuhängen?

Als endlich Licht in den Tunnel drang, war es das Morgenlicht. Ich musste Stunden unterwegs gewesen sein. Wenig später kletterte ich aus der Erde empor wie ein müder Wurm – und so sah ich vermutlich auch aus. Ich begann, mich gründlich zu putzen. Vielleicht hätte ich das nicht tun sollen. Vielleicht hätte ich mich zuerst umsehen sollen. Denn als ich das schließlich tat, war von den beiden Hunden keine Spur zu sehen.

Ich saß auf dem weichen Blätterboden eines riesigen Gartens, und über mir wölbte sich das Astwerk hoher Bäume. Ein paar frühe Sonnenstrahlen malten rötliche Flecken ins Moos. An einem Ende des Gartens stand ein Holzschuppen. Der Garten, schloss ich messerscharf, musste zu einem Haus gehören, und tatsächlich: Durch die Bäume schimmerte der Umriss eines stattlichen Gebäudes zu mir hinüber. Ich überlegte soeben, ob ich dort hingehen sollte, da nahm ich eine Bewegung am Zaun wahr – eine irgendwie struppige Bewegung.

Ich schlich mich näher heran. Doch ich fand weder die Hündin noch Piccolo dort vor. Ich fand einen ziemlich gebrauchten Albert. Er lag außen am Zaun und wachte soeben auf.

Albert ist übergeschnappt

„Albert“, sagte ich und streckte meinen Kopf durch eine Drahtmasche im Zaun. „Was um alles in der Welt *tust* du hier?“

Albert öffnete ein Auge und gähnte. „Was ist los?“, fragte er schlaftrunken. Er sah wirklich schlecht aus. Sein Fell hing noch zotteliger an ihm herab als jemals sonst, und wenn überhaupt ein Hund Augenringe haben kann, dann hatte *er* sie.

„Albert“, fuhr ich eindringlich fort, „wir haben dich *gesucht*! Was ist passiert?“

„Ceska“, sagte Albert.

„Schlaues Kerlchen“, sagte ich.

Albert knurrte. „Geh weg. Es hat keinen Sinn. Du kannst mir auch nicht helfen.“

„Wie bitte?“, fragte ich. „Wie – nicht helfen?“ War Albert verrückt geworden?

„Ich warte auf sie“, erklärte er müde. „Irgendwann kommt sie wieder hinaus, und dann werde ich mit ihr sprechen. Das letzte Mal – weißt du, das letzte Mal hatte sie keine Zeit für mich. Sie hatte etwas Wichtiges zu erledigen ... Man muss das verstehen. Aber nächstes Mal ... nächstes Mal spricht sie bestimmt mit mir.“

„Albert!“ Ich steckte eine Pfote durch den Zaun und kratzte ihn – nur ein bisschen – an der Nase, damit er zu sich kam. „Albert, was *redest* du da? Auf wen wartest du? Auf die Colliehündin? Bist du ihretwegen fortgelaufen?“

Er nickte und sah zu Boden. „Zuerst hat sie gesagt, sie hätte auf mich gewartet. Und ich sollte ihr folgen. Lauter solche Dinge. Und dann – ich weiß auch nicht – dann hat mich jemand in einen Sack gesteckt und in einen Raum mit rotem Fransenteppich gesperrt. Und dann haben sie mich wieder rausgeworfen. Es war alles so verwirrend, Ceska. Die Hündin! Sie ist irgendwo da drinnen! Im Haus! Ich werde so lange hier bleiben, bis sie mich erhört."

„Oje", sagte ich mitfühlend. „Armer Albert."

Ganz offensichtlich war er tatsächlich übergeschnappt. Einen Sack über den Kopf gestülpt! Roter Fransenteppich! Aber eines stand fest: Er hatte sich verliebt. Ob man vom Verliebtsein rote Fransenteppiche sah? Ich hatte bisher immer geglaubt, man sähe rosa Wölkchen.

„Deine Colliehündin hat sich noch einen Verehrer besorgt", sagte ich nachdenklich. „Und weißt du, wen?"

„Wie – noch einen?", fragte Albert ärgerlich.

„Sie hat ihn gelockt – genau wie dich. Den kleinen, hässlichen Hund des Opernsängers."

„Nein“, sagte Albert.

„Doch“, sagte ich.

„Du spinnst“, sagte Albert.

„*Wer* spinnt hier?“, fragte ich aufgebracht. „Und überhaupt. Komm jetzt mit. Sofort. Wir gehen nach Hause, und alles ist in Ordnung. Alle machen sich Sorgen um dich: Herr Schmidt, Andrea, ich, Mama Maria, Papa Paolo, Josch ...“

„Ich komme nicht mit“, erklärte Albert trotzig. „Ich bleibe hier, bis die Colliehündin mit mir spricht. Sie muss einsehen, dass wir zusammengehören. Ich – und sie – und ...“

„Oh Gott“, sagte ich. „Du hörst dich an wie ein ganzes Kino. Ich gehe jetzt.“

„Geh doch“, meinte Albert.

Ich sah mich um. Aber wohin sollte ich gehen? Durch die Zaunmaschen passte ich nicht – nicht, seit ich diesen Winter so viel Wildschweinbraten gegessen hatte –, und die Tür war abgeschlossen. Also wandte ich Albert beleidigt den Rücken zu und stolzierte hocherhobenen Schwanzes zu dem Haus, dessen weiße Mauern noch immer verlockend durch die Blätter lugten.

Das Haus besaß eine großzügige Veranda, und die Glastür zu dieser Veranda stand einen Spalt breit offen. Ich schlüpfte hindurch. Drinnen fand ich mich zwischen schweren Ledermöbeln wieder. Meine Pfoten versanken fast in einem dicken, roten Teppich. Ich musste der Versuchung widerstehen, mit seinen Fransen zu spielen. Moment mal ... Roter Fransenteppich? Sollte Albert doch die Wahrheit gesagt haben?

„Irgendwo hier“, dachte ich, „könnte Piccolo sein. Zumindest ist die Colliehündin hier. Wenn ich schon im Haus bin, kann ich ebenso gut versuchen, die beiden zu finden.“

Oh, aber das Haus war unermesslich groß! Ich tappte über zahllose rote Teppiche, erklomm eine Treppe und ging an einer Menge Goldrahmen mit Bildern darin vorbei. Ich kam an bauchigen chinesischen Vasen vorüber, an Schirmständern und Schränken – aber in keinem davon war Piccolo. Ab und zu rief ich leise nach ihm.

„Vermutlich“, dachte ich nach einer Weile, „ist der kleine Hund längst wieder zu seinem Opernsänger zurückgelaufen und ich suche mich hier blöd und krumm. Wenn ich wenigstens die Hündin finden könnte, um sie zu fragen, was hier vor sich geht!“

Ich rief ein letztes Mal nach Piccolo – danach wollte ich den Ausgang des Hauses suchen und wieder gehen. Doch dieses letzte Mal erhielt ich zu meinem maßlosen Erstaunen eine Antwort. Ich setzte mich auf den Plüschteppich – oder, besser gesagt: in den Teppich – und lauschte.

Da rief jemand ganz eindeutig meinen Namen. Einen sehr schönen Namen im Übrigen ... Habe ich erwähnt, dass er von Franceska kommt? Und aus Italien?

Ich knickte meine Ohren in die Richtung, aus der die Stimme kam, und ging ihr nach. Endlich hörten die roten Teppiche auf, und ich gelangte in eine geräumige Küche. „Aha“, dachte ich. „Piccolo ist in eine Hundefutterdose gefallen.“

War er aber nicht.

Er war überhaupt nirgends. Nicht in den Schränken, nicht in den Schubladen, die ich mühsam mit einer Pfote aufzog, nicht im Mülleimer und nicht im Kühlschrank. (Ich kann auch Kühlschränke öffnen. Das kann sonst kaum eine Katze. Aber wenn man in einem Restaurant arbeitet ...) „Piccolo?“, flüsterte ich.

„Hier!“, piepte das dünne Stimmchen, das eindeutig zu dem Fledermaushund gehörte. „Ich b-bin hi-hier, Ce-Ceska! Hol m-mich hier ra-ra-raus!“

„Wo raus?“

„Ich w-w-weiß ni-nicht! Es i-i-ist so du-dunkel!“ Ein Schluchzen drang aus einer unbestimmten Richtung an mein Ohr. „Sie-sie ha-haben gesagt, i-ich bin so-so kla-klein, da b-b-brauche ich keinen ganzen Ra-Raum, u-

und hier findet mi-mi-mich ka-keiner. O-oh, oh!“

Ich sah mich eilig noch einmal um. Ich hatte alles abgesucht. Wo konnten sie Piccolo hingetan haben?

„Ist es eckig, das, in dem du bist?“, fragte ich. In der Aufregung hatte ich laut gesprochen. Ehe Piccolo antworten konnte, hallten hinter mir Schritte durch die Küche. Menschliche Schritte. Ich fühlte mich unsanft am Nackenfell hochgehoben, wie man es mit kleinen Katzen tut, und sah kurz darauf in ein ärgerliches, bartfreies und eigentlich sehr gepflegtes Gesicht.

„Ein Katzenvieh“, sagte der Mund in dem Gesicht böse. „Sieh dir das an, Bella! Ein Katzenvieh in unserem Haus! Kannst du mir erklären, wie das hier reingekommen ist, Bella?“

Die Hündin an seiner Seite stieß ein Winseln aus. „Ich kann nichts dafür!“, rief sie. „Ich habe keine Ahnung! Wirklich nicht! Die Katze muss durch den Zaun geschlüpft sein ..."

Es gelang mir, meinen Kopf weit genug zu drehen, um sie anzusehen. Es war die Colliehündin. Sie war wirklich schön. Aber welche Angst sie vor dem Mann zu haben schien, der mich so empörend gepackt hielt!

„Du solltest einen Hund holen, Bella", sagte der Mann. „Keine Katze."

„Aber ich ... ich habe doch den Hund geholt ...", winselte die Hündin und versuchte, sich ganz klein zu machen. Mit wenig Erfolg: Sie war eine ziemlich große Hündin.

„Jedenfalls verlässt uns dieses Biest jetzt", sagte der Mann mit einem gemeinen Unterton in der Stimme. Ich machte mich darauf gefasst, dass er mich in viele kleine Stücke schneiden oder aus dem Fenster schleudern würde, aber er trug mich nur zur Tür und setzte mich draußen unsanft ab. Ich zerkratzte zum Abschied seine Hand.

„Verschwinde!", sagte der Mann.

„Das werde ich", sagte ich. „Aber warte nur. Ich komme wieder. Und dann könnt ihr alle was erleben!"

So kam es, dass ich den Rückweg über der Erde antrat. Ich hatte keine Ahnung, wohin ich ging, aber das machte nichts. Ich ging einfach geradeaus. Wir Katzen haben einen untrüglichen Orientierungssinn, und ich war mir sicher, dass ich in weniger als einer Stunde wieder im *Ristorante del Sole* sein würde, um Andrea irgendwie klar zu machen, was geschehen war.

Obwohl mir ehrlich gesagt selbst noch einiges unklar war. Dieser Mann und seine Colliehündin hatten Piccolo entführt. So viel stand fest. Aber wozu? Sammelten sie kleine, hässliche Fledermaushunde? Brauchten sie sein Fell – wie in „1001 Dalmatiner“? Den Film hatte ich mal im Fernsehen gesehen.

Grausige Vorstellung, aber ich verwarf sie wieder. Piccolo war so klein – er hatte sozusagen kaum Fell. Mehr als einen Bleistiftwärmer hätte man aus ihm nicht nähen können.

Und warum hatten sie zuerst Albert entführt? Der jetzt draußen vor dem Zaun saß und behauptete, hinausgeworfen worden zu sein – genau wie ich?

An diesem Punkt meiner Überlegungen merkte ich, dass ich mich verlaufen hatte. Ich hatte keine Ahnung, wo ich war.

Albert stellte die Ohren auf, um besser zu hören. Hinter dem Zaun standen die beiden Männer und unterhielten sich. Zwischen ihnen saß die schöne Hündin und sah von einem zum anderen.

„Ach, die Katze", sagte der eine Mann eben. „Lass doch das Vieh. Hast du jetzt Angst vor Katzen? Was soll sie schon tun? Zur Polizei laufen und uns verpfeifen? Wirklich, du entwickelst einen Verfolgungswahn."

„Ich weiß nicht", antwortete der andere Mann. „Wie ist sie hergekommen?"

„Ist doch gleich, wie sie hergekommen ist. Wir haben den Hund von diesem Opernsänger, diesem Rinaldo oder Ricardo oder was. Das hat Bella doch wundervoll gemacht. Nicht wahr, Bella?“

Er bückte sich und strich über das glänzende Fell der Colliedame. Sie wedelte vorsichtig mit dem Schwanz.

„Jetzt können wir den Brief abschicken“, sagte der Mann. Der andere brummte etwas Unverständliches. Er lehnte an einem der Bäume und zerrupfte ein Blatt in winzig kleine Stückchen. Offenbar war er nervös. „Die Katze“, dachte Albert. Also hatten sie Ceska gesehen. Warum machte Ceskas Anwesenheit den Mann dort so nervös?

Und welchen Brief wollten sie abschicken? Die rosa Umnebelung in Alberts Hirn wich einen Moment lang und ließ ein paar vernünftige Überlegungen herein. Sie gingen in Alberts Hirn hin und her und sagten: „Der kleine Hund. Sie wollten von Anfang an den kleinen Hund. Du warst ein Irrtum. Du bist nur durch Zufall hier. Aber jetzt, wo du hier bist, mach etwas daraus. Erinnere dich an all die Fälle, die du mit Ceska und Andrea zusammen gelöst hast. Wo ist deine detektivische Ader geblieben, Albert?"

Eine Duftwolke flutete aus dem Garten zu ihm hinüber – und mit einem lauten Knallen fiel die Tür für die vernünftigen Gedanken zu. Der rosa Nebel füllte Alberts Kopf wieder ganz aus.

Die Männer waren hineingegangen, und die Colliedame leckte zufrieden ihr Fell. Vor ihr lag ein großer Knochen, um den würde sie sich gleich kümmern.

„Starr mich nicht so an", sagte sie zu Albert. „Wenn du dich fragst, was mit deiner kleinen Freundin, der Tigerkatze, geschehen ist – die haben sie rausgeworfen."

„Die Katze ist nicht meine Freundin“, knurrte Albert.

„Ach nein?“ Die Colliedame legte den Kopf schief und betrachtete ihn eine Weile nachdenklich. „Du bist ein komischer Kerl“, sagte sie schließlich. „Wieso gehst du nicht nach Hause?“

„Das habe ich dir doch schon erklärt. Ich liebe dich. Ich bleibe.“

„So einen Romantiker“, sagte sie, „habe ich noch nie kennen gelernt. Du scheinst wirklich zu glauben, was du sagst.“ Als sie den Knochen aufhob, um ihn davonzutragen, sah sie beinahe traurig aus.

Irrungen und Wirrungen

„Es ist zum Verrücktwerden“, sagte Andrea. Sie saß im Garten hinter dem Restaurant in ihrem Lieblingsbaum und versuchte zu lesen. Aber heute konnte sie sich nicht auf ihr Buch konzentrieren. „Einfach zum Verrücktwerden. Alle verschwinden.“

Mama Maria schlurfte in Pantoffeln unten über den Rasen und wischte die Tische ab. Sie war ganz eindeutig noch da, und das beruhigte Andrea.

Sie war müde und ratlos. In der letzten Nacht hatte sie über eine Stunde lang vor dem Loch im Boden gewartet, ehe sie schließlich nach Hause gegangen war. Doch weder Ceska noch Piccolo waren daraus wieder zum Vorschein gekommen.

Dies war der vierte Abend, an dem Ricardo de la Canta im Restaurant speiste. Aber heute schwebte er nicht mit einem Blumenstrauß im Arm die Stufen hinauf. Zwar trug er einen Strauß Blumen, orange-rote Feuerlilien, doch er trug sie *unter* dem Arm, wo sie schlaff und traurig herabhingen.

In der Hand hielt Ricardo de la Canta einen Umschlag, mit dem er kurze Zeit später unter Mama Marias Nase herumwedelte.

„Er ist noch nicht wieder da, nehme ich an?“, fragte de la Canta. „Mein Hund?“

„Ich – äh – nein“, gestand Mama Maria.

„Das dachte ich mir“, sagte de la Canta und seufzte so schwer und melodisch, wie es nur Opernsänger können.

„Er hat sich bestimmt nur verlaufen“, versuchte Andrea den kleinen Mann zu trösten.

„Nein“, seufzte de la Canta. „Nein, werteste kleine Dame. Das glaube ich nicht.“

Und mit einem traurigen Kopfschütteln legte er den Umschlag auf den Tisch. „Lies es“, bat er. „Lies es laut. Für alle hier.“

„Was ist das?“ Andrea entnahm dem Umschlag vorsichtig ein einzelnes weißes Stück Papier.

„Sehr geehrter Signor Ricardo de la Canta“, las sie, fand mit den Augen bereits den nächsten Satz und stockte. Das konnte doch nicht wahr sein. Andererseits – die Gedanken in Andreas Kopf begannen, sich zu ordnen. Ja, dachte sie, in gewisser Weise ergab jetzt einiges einen Sinn.

„*Sehr geehrter Signor Ricardo de la Canta*“, begann Andrea noch einmal. „*Wir sehen uns gezwungen, Sie zu informieren, dass sich Ihr geliebter kleiner Hund auf Umwegen bei uns eingefunden hat. Wir verpflegen ihn aufs Beste, und bestimmt möchten Sie sich an Kost und Logis für ein paar Tage beteiligen. Ein angemessener Betrag wären 500 000 Euro, zu deren Übergabe wir Ihnen noch nähere Angaben zukommen lassen. Sicher sind Sie an der Gesundheit und dem Wohlergehen Ihres verletzlichen kleinen Lieblings interessiert und wollen die Polizei nicht einschalten. Mit höchster Verehrung für ihre weltbekannte Sangeskunst, gezeichnet: zwei Hundeliebhaber.*“

Nachdem sie geendet hatte, senkte sich Stille über die Tische des Restaurants. Die übrigen Gäste hörten auf zu essen und sahen mit besorgten Gesichtern zu dem Opernsänger hinüber.

„Jemand hat den Brief vorhin unter der Tür meines Hotelzimmers durchgeschoben“, sagte de la Canta schließlich.

„Haben Sie ihn gesehen? Den Boten?“, fragte Andrea.

„Leider nein. Ich war gerade im Bad und puderte meine Wangen ... Und als ich wiederkam, fand ich den Brief. Auf dem Gang war längst niemand mehr zu sehen. Und niemand im Hotel hat etwas bemerkt.“

„Schlecht“, murmelte Andrea, „das ist wirklich schlecht. Aber nicht aussichtslos.“

„Wie meinst du das?“, fragte de la Canta. „Was sollen wir denn tun?“

„Abwarten“, sagte Andrea.

„Hier ist Ihre Puccini-Lasagne“, sagte Mama Maria.

Ich hatte eine neue Taktik: Ich brauchte bloß den Straßenbahnschienen zu folgen. Andrea fuhr oft mit der Straßenbahn aus der Stadt zum *Ristorante*.

Ein genialer Plan.

Leider ging er nicht auf.

Als ich an die Endstation der Bahn gelangte, war dort nirgendwo ein italienisches Restaurant zu sehen. Entweder, schloss ich, hatte jemand das *Ristorante* entfernt und ein anderes Haus dafür hingestellt, um mich zu ärgern. Oder die Schienen waren verlegt worden. Doch dann fiel mir eine dritte Möglichkeit ein: Es waren die *falschen* Schienen. Es musste *mehrere* Straßenbahnlinien aus der Stadt hinaus geben.

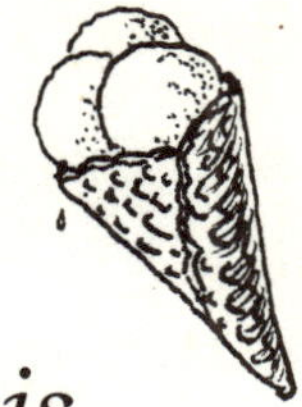

Treffen bei Vanilleeis

Am nächsten Tag konnte Andrea in der Schule nicht aufpassen. Ihr war jetzt einiges klar. Diese Leute hatten Piccolo entführt, weil sie wussten, das jemand wie de la Canta genug Geld besaß, um seinen Schoßhund auszulösen. Aber Albert? Warum hatten sie Albert entführt? Herr Schmidt konnte vermutlich kaum 50 Euro aufbringen, um seinem Hund das Leben zu retten. Das ergab einfach keinen Sinn.

Mitten in der Englischstunde meldete sich Andrea und fragte: „Gibt es eigentlich außer *Kid-napping* auch das Wort *Dog-napping*?"

Die Englischlehrerin runzelte die Stirn, denn eigentlich sprach sie gerade über Henry den Achten. „Doch", antwortete sie, „doch ja. Ich glaube, es ist schon häufiger vorgekommen, dass Leute Hunde entführt haben, um Lösegeld zu erpressen. In Amerika oder so."

„Aha", sagte Andrea. Die Englischlehrerin bedachte sie mit einem strengen Blick, und Andrea verbesserte sich: „I see."

„Was zum Teufel ist los mit dir, Andrea?", fragte Josch.

Nach dem Unterricht ließ Andrea Josch und Lilli auf dem Schulhof einfach stehen.

„Muss nachdenken", murmelte sie und eilte an ihnen vorbei.

„Dognapping, dognapping", murmelte sie auf dem Heimweg vor sich hin. Vielleicht würde das Wort eine geheime Feder in ihrem Kopf lösen und plötzlich wüsste sie alles. Im Garten des Restaurants kletterte sie unverzüglich auf ihren Lieblingsbaum und wollte wie jeden Tag ein Buch hervorholen. Da fand sie unten in ihrer Schultasche das Pausenbrot, das sie sich selbst geschmiert und später vergessen hatte. Sie nahm es heraus und betrachtete es eine Weile unentschlossen. Sie könnte es an die Vögel im Garten verfüttern. Aßen Vögel Leberwurst?

Wenn Albert da gewesen wäre ... Albert liebte Leberwurst.

„Dognapping, Nogdapping", flüsterte Andrea wieder wie eine Beschwörungsformel, und dann fiel ihr Blick auf das Zeitungspapier, in welches das Brot eingeschlagen war.

Da stand genau dieses Wort. *Dognapping.* Andrea sah genauer hin.

Dognapping in unserer Stadt. Berühmter Ma-

Sie wickelte das Brot aus und glättete die Zeitung.

Berühmter Maler besuchte Eröffnung seiner Ausstellung im Rathaus. Auf dem Empfang wurde sein Hund entführt. Lösegeldforderung in Höhe von einer Million DM. Wer hat geheimnisvolle Colliehündin gesehen? Näheres auf Seite 4.

Leider besaß sie Seite 4 nicht. Sie zerfusselte das Leberwurstbrot vor Aufregung in lauter kleine Stücke. Die Zeitung stammte aus der DM-Zeit! Also betrieben die Entführer ihr einträgliches Geschäft schon seit Jahren! Und so viel stand fest: Sie waren bis jetzt nie gefasst worden.

„Doch das“, dachte Andrea entschlossen, „wird sich bald ändern.“

„Papa Paolo!“, rief Andrea in die Küche, aus der wabernde Schwaden von Kräuterduft drangen. „Ich gehe Ceska suchen. Könnte ein Weilchen dauern. Aber ich werde sie finden!“

Papa Paolos Antwort drang nur gedämpft durch den Nebel.

„Das wirst du bestimmt“, sagte er und lächelte in seinen Auflauf. „Eine Andrea schafft, was sie sich vornimmt.“

Andrea stieg auf Papa Paolos Fahrrad, da sie entschied, dass er es gerade nicht brauchte. Es war etwas zu groß, aber ihr eigenes hätte sie erst von zu Hause holen müssen, und sie war zu entschlossen, um Umwege auf sich zu nehmen. Sie fand den Schuppen ohne Probleme wieder. Sie fand die Lücke in der Bretterwand und auch das Loch, aber natürlich saß Ceska nicht daneben und wartete, dass Andrea sie abholte. „So, so“, sagte Andrea und sah sich um. „So, so.“

Dann begann sie, systematisch die nähere Umgebung des Schuppens abzusuchen. Aber in der näheren Umgebung war Ceska nicht. Und keiner, den Andrea fragte, hatte eine Tigerkatze vorbeiwandern sehen.

„Wenn es“, sagte Andrea, „mit Systematik nicht klappt, muss man es eben unsystematisch versuchen.“

Sie stieg wieder auf das zu große Fahrrad und fuhr die Straße entlang. In den folgenden Stunden begegnete sie 15 braunen Tigerkatzen – sieben davon ließen sich gerne streicheln, aber keine von ihnen war Ceska. Andrea begann, sich ernstlich Sorgen zu machen. Der Schweiß stand ihr vom Fahrradfahren in kleinen Perlen auf der Stirn und ihre Beine schmerzten wegen der zu tiefen Pedale.

In einem kleinen Café in der Stadt, vor dem bunte Stühle und Tische standen, legte Andrea eine Pause ein. Sie kaufte sich ein Eis und leckte eine Weile schweigend und nachdenklich die Kugeln in Form. Was, wenn die Entführer auch Ceska hatten? Was, wenn im *Ristorante del Sole* längst auch ein Brief mit einer Geldforderung eingetroffen war? Etwas landete auf ihrem Schoß, und Andrea schob es unwillig beiseite, da es sie bei ihren Überlegungen störte. Sie leckte weiter an dem Eis und stutzte. Von der anderen Seite leckte jetzt eine kleine, sehr rosafarbene Zunge im gleichen Rhythmus. Andrea ließ das Eis sinken.

Die rosafarbene Zunge gehörte zu einem getigerten Kopf, und die grünen Augen darin kamen ihr sehr bekannt vor.

„Ceska!", rief Andrea.

„Vanilleeis", sagte ich. „Sehr lecker."

Aber Andrea verstand wieder einmal nur „Miau".

Andrea wollte mich zurück zum Restaurant bringen. Aber das ging jetzt nicht. Ich musste sie zu dem Haus mit dem großen Garten führen. Ich brauchte all meine Überredungskunst und noch ein Vanilleeis, bis sie mir schließlich folgte.

Sie hatte unaufhörlich geredet, seit wir uns gefunden hatten – von einem Erpresserbrief und viel Geld und Doknäpping, was auch immer das war, und einer Menge anderer, verwirrender Dinge. Alles in allem schloss ich daraus, dass sie ungefähr so viel wusste wie ich. Nur glaubte sie, Albert säße ebenfalls eingesperrt herum.

Ich würde ihr zeigen, dass das nicht so war. Sie würde Albert auf ihrem Fahrrad befestigen (na ja), und dann würden wir zu dritt nach Hause fahren. Oder sogar zu viert, mit Piccolo. „Andrea", dachte ich, „kann Albert bestimmt überzeugen, mitzukommen, und sie findet auch den Fledermaushund."

Ich, äh. Ich muss zugeben, dass wir eine sehr lange Zeit unterwegs waren und das Haus nicht fanden. Schließlich sagte Andrea: „Ceska. Ich weiß nicht, wo du hinwillst. Wir kommen jetzt schon zum vierten Mal an dieser Kreuzung vorbei."

Das stimmte nicht. Es war erst das dritte Mal. Wir kehrten trotzdem um.

Ich weiß nicht, wie es passieren konnte,

dass ich zuerst den Heimweg zum *Ristorante* und dann das Haus mit dem Garten nicht wiederfand. Ich kann es mir nur so erklären: In der Stadt muss zurzeit ein großes, allumfassendes Umbau-Projekt im Gange sein. Sie stellen die Häuser alle an neuen Stellen auf und verbiegen die Straßen. Wäre es nicht so, hätte ich mich natürlich zurechtgefunden. Mein Orientierungssinn, muss ich noch einmal wiederholen, ist wirklich untrüglich.

„Ceska!", rief Mama Maria, als wir zu Hause ankamen. „Wie siehst du denn aus! Du bist ja ganz ... ganz ausgewildert!" Sie stellte mir einen randvollen Teller *Spagetti Carbonara* hin, genau wie ich sie mag: viel Schinken und drei oder vier Nudeln.

„Was ist passiert?"

„Sie hatte sich verlaufen", seufzte Andrea und streichelte meinen Rücken.

„Gar nicht wahr!", sagte ich.

„Und sie will mir irgendetwas zeigen", fuhr Andrea fort. „Aber sie hat vergessen, wo es ist."

Das reichte. Ich spuckte eine Spagetti nach ihr. Sie landete genau auf Andreas Nase. Keiner ist so gut im Spagetti-Spucken wie ich.

Nach den Spagetti konnte ich besser denken. Jemand hat mir mal erzählt, das kommt von einer Sache, die *Glutamat* heißt. Das ist in der Spagetti-Soße und auch in McDonalds-Essen und Katzenfutter, wobei Letzteres wohl das Gleiche ist. Glutamat hin oder her, ich jedenfalls kam zu folgendem Ergebnis: Es gab genau einen Weg, der mit Sicherheit zum Haus mit dem großen Garten führte. Und zwar einen Weg, auf dem man nicht eine einzige Gelegenheit hatte, falsch abzubiegen oder sich zu verirren – den Tunnel.

Wenn wir Albert zurückholen und Piccolo befreien wollten, musste Andrea durch den Tunnel kriechen. Es gab keine andere Möglichkeit.

In der Abenddämmerung bestiegen wir also wieder Papa Paolos Fahrrad. „Schneller!", rief ich ab und zu, „hier steht, man muss 30 fahren."

Das tat Andrea nicht, aber sie fuhr ganz von alleine zu dem Schuppen. Als sie sich vor das Loch kniete, wurde mir plötzlich mulmig.

„Tu es nicht", sagte ich. „Lass es, Andrea! Es ist viel zu eng für dich!"

„Ich schaffe das schon", murmelte Andrea zwischen zusammengebissenen Zähnen. „Es wird etwas ungemütlich, aber ich schaffe es. Ceska? Versprich mir, dass du zu Herrn Schmidt läufst, sobald ich weg bin. Sag ihm, ich würde anrufen. Bald. Von dem Ort aus, wohin sie Piccolo und Albert entführt haben. Dann muss Herr Schmidt kommen und uns helfen. Immerhin ist er Polizist ..."

„Aber nur Verkehrspolizist!", stöhnte ich.

Sie strich mir ein letztes Mal über den Kopf. „Ist Albert auf der anderen Seite?“, fragte sie. „Und der kleine, hässliche Hund? Werde ich sie dort finden?“

Ich nickte heftig, und Andrea lächelte.

Dann verschwand sie mit den Armen voran in dem Erdloch. Ihre Füße waren das Letzte, was ich von ihr sah. Und sie sollten für eine ganze Weile das Letzte bleiben.

Ich lief zurück in unser Viertel – diesmal hatte ich mir den Weg gemerkt. Herr Schmidt schlief in seinem Sessel. Der Fernseher sprach ungehört vor sich hin.

Ich sprang vom Fensterbrett auf Herrn Schmidts Bauch und begann, unerbittlich darauf herumzutrampeln. „Andrea ruft bald an“, rief ich. „Ich habe ihr versprochen, Ihnen Bescheid zu geben! Wenn sie anruft, weiß sie, in welcher Straße das Haus steht! Dann müssen wir sofort dorthin! Los, aufwachen!“

Aber Herr Schmidt gähnte nur und schlief ungerührt weiter.

Und als das Telefon Stunde um Stunde schwieg, rollte auch ich mich irgendwann zusammen und machte mich auf eine längere Zeit des Wartens gefasst. Offenbar war der Tunnel wirklich lang. Herrn Schmidts Bauch hob und senkte sich gleichmäßig, und gegen meinen Willen schlief ich ein.

„Du bist tatsächlich immer noch da“, sagte die Colliehündin und musterte Albert.

Albert saß am Zaun. Er saß am Zaun, seit sie ihn hinausgeworfen hatten, und er würde bis in alle Ewigkeit am Zaun sitzen. Bis die schöne Hündin verstand, dass er es ernst meinte. Jetzt kam sie herüber und streckte ihre Schnauze durch das Gitter.

Albert berührte sie vorsichtig mit seiner eigenen feuchten Nase.

„Du musst doch schon ganz verhungert sein“, sagte die Colliedame.

„Das ist mir egal“, erklärte Albert aufrichtig.

„Weißt du ... ich habe noch einen Knochen“, meinte sie nachdenklich. „Im Grunde brauche ich ihn nicht. Ich könnte ihn dir schenken. Weil du so anders bist als alle anderen. Du ... du bist freiwillig hier, das ist komisch ...“

„Das ist nicht komisch“, sagte Albert. „Das ist Liebe.“

„Ach, sei still“, erwiderte sie und legte ihm durch den Zaun eine Pfote auf die Schnauze. „Ich habe dir doch erklärt, dass es so was nicht gibt. Ich hole jetzt den Knochen.“

Wie Andrea durch die Erde kriecht

Herr Schmidt weckte mich, indem er aufstand. Ich fiel von seinem Bauch und plumpste auf den Sessel. „Frühstück?“, fragte ich schlaftrunken.

„Ceska! Wie kommst du denn hierher?“ Herr Schmidt schüttelte den Kopf. „Na, ich mache uns mal ein Rührei.“

„Rührei!“, rief ich, und streckte meinen schönen Körper ausführlich. „Ja, wunderbar. Das heißt – halt, nein! Kein Rührei! Telefon! Hat das Telefon geklingelt, während ich geschlafen habe?“

„Ist ja schon gut, Ceska“, sagte Herr Schmidt. „Ich bin noch nicht ganz wach. Gleich bekommst du dein Ei.“

Ich stöhnte. Mit einem lauten „Hierheeeeer!“ (in Herrn Schmidts Ohren: „Miaaaau“)

ging ich zum Telefon, einem großen, alten, scheußlich olivgrünen Ding, das sogar noch eine Wählscheibe besaß. Ich glaube, Herr Schmidt hat es geerbt und traut sich nicht, es wegzuschmeißen.

Ich setzte mich vor den grünen Kasten und begann, ihn zu hypnotisieren. Es funktionierte. Er klingelte.

„Schmidt“, brummte Herr Schmidt in den Hörer.

„Andrea!!“, schrie ich.

Aber auf der anderen Seite verstand man mich falsch. Statt „Andrea“ kam „Ikea“ zurück – dann schubste Herr Schmidt mich sanft beiseite. „Ja, meine Bestellnummer. Moment. 20458973X. Ja, Buchstützen. Übermorgen. Danke“, sagte Herr Schmidt. Und legte auf. Ich starrte ihn an. Es war wirklich nicht Andrea gewesen. Enttäuscht trat ich nach einem Hemdknopf, der im Weg herumlag. Ich würde mich noch ein bisschen gedulden müssen.

Andrea konnte sich in dem engen Gang kaum rühren. Sie schob sich mit Armen und Beinen vorwärts – Zentimeter um Zentimeter, wie ein merkwürdiges Urtier, das tief unter der Erde sein langsames, dunkles Dasein fristet. Erdkrumen drangen in ihre Nase, ihren Mund, ihre Augen ... Die Erde war einfach überall. Ihr modriger Geruch hüllte Andrea ein, ihre Feuchtigkeit kroch Andrea in die Knochen, die kratzenden Geräusche in ihr hallten in Andreas Ohren nach. „Was ist“, dachte sie, „wenn ich stecken bleibe? Wird man mich jemals finden?“ Ihr Herz schlug wild, als wollte es die niedrige Decke des Ganges sprengen. Sie zwang sich, ruhig zu atmen.

Nur nicht aufregen. Sich nur nicht vorstellen, was alles geschehen könnte. Wie weit war sie schon vom Einstieg entfernt? Zehn Meter? Hundert? Nur einen? Würde die Luft reichen? Natürlich würde die Luft reichen. Alles war in Ordnung. Sie musste nur ruhig bleiben.

Und weiterkriechen, immer weiter.

„Ich muss bald weg", sagte Herr Schmidt.

Vor Schreck ließ ich ein Stück Rührei zurück auf den Teller fallen. „Wieso weg?"

Herr Schmidt schob seine Gabel in den Mund und griff dabei nach seiner Uniformmütze, um sie auszuklopfen. Natürlich. Er musste zum Dienst.

„Nein!", schrie ich laut. „Sie können sich doch jetzt nicht auf die Straße stellen und Autos winken, während Andrea in einem Erdgang verhungert! *Das geht nicht!*"

Herr Schmidt schluckte den letzten Bissen Rührei hinunter und sah auf die Uhr. Viertel nach sieben. Um viertel vor acht, das wusste ich, musste er aus dem Haus. Ich musste schnell handeln. Wie ein geöltes Rührei flitzte ich über den Tisch hinweg, packte die Uniformmütze mit den Zähnen und sauste auf den Schrank.

„Ach Ceska, komm, lass das“, sagte Herr Schmidt ungehalten. „Gib mir die Mütze wieder. Ohne die kann ich nicht los. Wir haben jetzt keine Zeit zum Spielen.“

Ich sah zu ihm hinunter. Ich würde die Mütze bis auf mein Blut verteidigen. Oder, dachte ich mit einem leisen Lächeln, bis auf *sein* Blut.

Ehe Andrea anrief, käme Herr Schmidt hier nicht weg.

Irgendwann griffen Andreas Arme ins Leere, und sie spürte einen Luftzug. Ihre Hände fanden Moos und Blätter. Im nächsten Moment zog sie sich bis zu den Schultern aus der Erde, und dann, endlich, endlich, saß sie im Laub. Der Morgentau glitzerte auf den Bäumen um sie. Die Luft erschien ihr so klar, dass sie sich beinahe von selbst atmete.

Andrea sah auf die Uhr. Ehe sie sie lesen konnte, musste sie erst eine dicke Schicht

Erde vom Glas abwischen: zwanzig nach sieben.

Sie stand auf und ging einen ordentlich geharkten Kiesweg entlang, der direkt auf ein stattliches Haus zuführte. Lauschend blieb Andrea unter einem der großen Fenster stehen. Nichts. Erst hinter dem vierten Fenster vernahm sie etwas, das sie innerlich jubeln ließ: Drinnen winselte jemand traurig. Das Fenster war nur angelehnt. Andrea spähte in den Raum, stellte fest, dass es sich um eine Küche handelte und dass sie leer war, und rief leise: „Albert? Piccolo?" Das Winseln verstummte.

Dann ertönte ein gedämpftes Bellen. Es war ein hohes, irgendwie lächerliches Bellen. Mehr ein Klä-Klä-Kläffen. Piccolo.

„Keine Angst", flüsterte Andrea in den Fensterspalt. „Wir holen dich hier raus. Bald, Piccolo, bald. Ich muss nur erst Albert finden."

In diesem Moment wurden drinnen Stimmen laut, und Andrea duckte sich. Sie hörte, wie sich Schritte dem Fenster näherten. Mit einem Satz war sie hinter dem nächsten Gebüsch im Garten. Und von dort aus sah sie Albert. Er saß am Zaun – vollkommen uneingesperrt. „Merkwürdig“, dachte Andrea.

Sie schlich sich von Busch zu Busch näher, damit man sie vom Haus aus nicht sah. Ja, Albert saß am Zaun, aber er saß *außen* am Zaun. Jetzt kam aus einem Schuppen im Garten eine Hündin spaziert, die Andrea kannte: die Colliedame. Andrea beobachtete, wie sie zu Albert an den Zaun trat und die beiden kurz die Nasen aneinander rieben. Dann verließ die Hündin Albert wieder und verschwand unter den Bäumen. Albert jaulte leise. Andrea sah seinen sehnsuchtsvollen Blick. Und endlich verstand sie. Mit einem Klimmzug überwand sie das verschlossene Tor, und im nächsten Moment vergrub sie ihr erdiges Gesicht in Alberts Fell.

„Albert!“, flüsterte Andrea, „Albert. Na so was. Deshalb kommst du also nicht nach Hause! Aber es geht dir gut. Du lebst. Und ich auch. Oh, Albert! Ich bin nicht in dem scheußlichen Gang stecken geblieben, ist das nicht ... ist das nicht einfach wunderbar?“

Und plötzlich musste Andrea schluchzen. Alberts Fell wurde nass von Tränen der Erleichterung.

„Ich werde jetzt ein ... ein Dings, ein Telefon suchen“, schluchzte Andrea. „Wie ... wie heißt denn die Straße hier?“

Um viertel vor acht saß ich immer noch auf dem Schrank. Herr Schmidt hatte sich jetzt eine Leiter geholt und kämpfte mit mir um seine Uniformmütze. Herr Schmidt war inzwischen richtig wütend. Sein Nachteil: Er besaß keine Krallen. Ich hatte mich ganz bis an die hintere Ecke des Schranks zurückgezogen und ließ ihn nicht herankommen – doch langsam merkte ich, wie meine Pfoten lahm wurden.

Da klingelte das Telefon.

Ich ließ die Mütze los. Herr Schmidt griff danach, fiel beinahe von der Leiter, und war im nächsten Moment keuchend bei dem olivgrünen Apparat angekommen.

„Schm-Schmidt?“, hechelte er in die Muschel.

Und dann sah ich, wie sich das Erstaunen auf seinem Gesicht ausbreitete. „Andrea! Wo bist du? Ja, ja – die Straße kenne ich – am Stadtrand, ja – Hausnummer? Was? Entführt? Bist du dir sich... natürlich nehme ich dich für voll. Der Opernsänger. Uniform? Habe ich an. Wollte gerade zum Dienst, aber Ceska hat mich ... ja. Nein. Hausdurchsuchungsbefehl? Woher soll ich ... Basteln? Ja, aber woraus denn?“

Als er auflegte, war das Erstaunen in seiner Miene leiser Besorgnis gewichen. Ich beobachtete gespannt, wie er in einigen Schubladen wühlte. Schließlich grinste er, zog ein Stück Papier mit einem dicken Stempel daraus hervor und steckte es sorgsam in die Tasche seiner Uniformjacke mit den glänzenden Knöpfen.

„Komm, Ceska“, sagte er aufgeräumt und öffnete mir die Tür. „Auf zum Restaurant. Wir leihen uns Mama Marias Lieferwagen, der macht mehr her.“

Wir trafen Andrea vor dem Haus mit dem großen Garten. Ich sah gleich, dass es das richtige Haus war. Andrea und Herr Schmidt hatten meinen genialen Plan vorzüglich ausgeführt. Herr Schmidt säuberte Andreas Gesicht mit einem großen Taschentuch, und ich half mit meiner schönen, rosa Zunge ein wenig nach. Dann klingelten wir.

Ein Dienstmädchen in einer weiße Schürze öffnete. Herrn Schmidts Unifor erschreckte sie so sehr, dass sie sich ohn weiteres bereit erklärte, einen der „Herre des Hauses“ zu holen. Es kamen sogar beide. Sie steckten zur Abwechslung in hellbraunen Anzügen und sahen sehr ungehalten aus.

Wenn sie ebenfalls erschraken, so ließen sie sich das zumindest nicht anmerken.

„Wie können wir Ihnen behilflich sein?“, fragte der eine mit einem Stirnrunzeln.

„Die junge Dame vermisst ihren Hund“, erklärte Herr Schmidt. „Sie ist die Tochter eines gewissen Opernsängers. Ricardo de la Canta. Sagt Ihnen das etwas?“

„Nun ja ... Ist das nicht der Sänger, der diese Woche in der Stadtoper auftritt? Ich habe in der Zeitung darüber gelesen“, erwiderte ein Anzug-Herr. „Aber was haben wir mit seinem Hund und seiner Tochter zu tun?“

Herr Schmidt lächelte. „Der Hund", erklärte er nachsichtig, „ist entführt worden. Herr de la Canta hat einen Erpresserbrief von den Entführern erhalten. Nur falls Sie vergessen haben sollten, was Sie geschrieben haben: Es ging um 500 000 Euro ..."

Damit nahm er das Papier aus seiner Tasche und hielt es den Herren in den Anzügen entgegen. „Ich habe einen Hausdurchsuchungsbefehl, wie Sie sehen. Wir haben von verschiedenen Seiten Hinweise bekommen, dass es ganz nützlich sein könnte, sich ein wenig bei Ihnen umzusehen."

„Bitte – wie Sie meinen", sagte einer der Herren und lachte. „Sehen Sie sich ruhig um. Ich glaube, es handelt sich um einen riesengroßen Irrtum. Aber tun Sie, was Sie nicht lassen können. Bitte, folgen Sie mir."

„In der Küche!", flüsterten Andrea und ich Herrn Schmidt im Chor zu.

„Wenn Sie gestatten, ich würde gern die Küche sehen", sagte Herr Schmidt.

„Ganz wie Sie meinen ..."

Kurze Zeit später standen wir im Duft von Gemüsesuppe und Kräutern. Doch in dem

Duft war es merkwürdig still. „Piccolo?“, rief ich. Keine Antwort.

Herr Schmidt sah in allen Schränken nach, er öffnete sogar den Kühlschrank und den Herd – doch selbst in der Mikrowelle stand nur eine große blaue Plastikschüssel mit hässlichem rosa Deckel herum.

Sie mussten Piccolo umgesiedelt haben. Andrea und ich folgten Herrn Schmidt durch das ganze Haus, über Unmengen von roten Fransenteppichen, und wir drehten wirklich jedes Sofakissen um. Kein kleiner, hässlicher Hund mit Fledermausohren kam zum Vorschein.

„Zufrieden?“, fragten die Anzug-Herren, als das Dienstmädchen uns die Haustür aufhielt. Ihren Gesichtern konnte man ansehen, dass *sie* sehr zufrieden waren.

„Ich bitte vielmals um Verzeihung“, sagte Herr Schmidt. „Es muss sich tatsächlich um einen Irrtum gehandelt haben. Auf Wiedersehen.“

Vielleicht merkte nur ich, dass er „Auf Wiedersehen“ sagte, und nicht „Leben Sie wohl“. Herr Schmidt hatte noch nicht aufgegeben. Er glaubte uns.

Als wir wieder in den Lieferwagen steigen wollten, saß Albert vor der Tür.

„Ich – ich denke, ich fahre mit“, seufzte er. „Ich werde mich zu Hause ein wenig frisch machen, dann komme ich wieder. Vielleicht findet sie mich dann schöner.“

Albert! Sich frisch machen! Ich konnte nur den Kopf schütteln. Wenigstens kam er mit nach Hause.

„He!“, sagte Andrea, als wir losfuhren, und drückte sich ihre Nase an der Fensterscheibe des Wagens platt. „Guckt mal!“

Von hier aus konnte man den Garten gut überblicken. Einer der Männer war eben dabei, die Colliehündin an ihrem Halsband durch den Garten zu schleifen. Sie sträubte sich, und wir hörten ein Jaulen. Ehe wir um die Ecke bogen, konnten wir gerade noch beobachten, wie er sie in den Schuppen schob und die Tür zweimal abschloss.

„Sie sind sauer!“, sagte Albert ärgerlich. „Und ihr seid schuld, dass sie sie einsperren! Sie glauben, sie hätte ihnen die Polizei auf den Hals gehetzt!“

„Das beweist“, erwiderte ich fröhlich, „dass sie Piccolo wirklich haben.“

„Woher hatten Sie eigentlich den Durchsuchungsbefehl?“, fragte Andrea, als wir auf eine größere Straße einbogen. Herr Schmidt grinste und trat aufs Gaspedal.

„Ein Abholzettel für meine Wäsche“, sagte er. „Aus dem letzten Romurlaub. Ist eine Ewigkeit her. Alles auf Italienisch, mit einem schönen protzigen Stempel.“

Rasierwasser und was man damit tun kann

Im *Ristorante del Sole* verschlang Albert drei Teller Lasagne und sah danach aus wie neu. Herr Schmidt war verspätet zu seiner Autowinkerei entschwunden. Andrea vertilgte ein ausführliches Frühstück und erzählte Mama Maria und Papa Paolo von dem Gang und dem Haus und überhaupt allem. Als sie damit fertig war, war es halb zwölf, und es hatte keinen Sinn mehr, an diesem Tag noch zur Schule zu gehen – nicht einmal zur letzten Stunde.

Ich hatte das Gefühl, dass das Andrea nicht wirklich traurig stimmte.

„Wir fahren noch einmal hin“, erklärte sie mir voller Tatendrang. „Wir fahren mit dem Fahrrad noch einmal hin und finden Piccolo. Irgendwo muss er ja sein!“

„Wir sollten auf Albert warten“, sagte ich. Albert war nach Hause verschwunden, sich „frisch machen“.

Als er schließlich wiederkam, roch er, als wäre er in einen Kessel Rasierwasser gefallen. „Was ist passiert?“, fragte ich entsetzt.

Er bedachte mich mit einem beleidigten Blick. „Passiert? Ich habe mir etwas von Herrn Schmidts Aftershave geliehen, das ist alles. Na ja – die Flasche war schwer aufzubekommen. Da musste ich sie ein bisschen auf den Boden schmeißen ... und da ist sie ein bisschen kaputtgegangen – aber es kam *sehr* viel schönes Rasierwasser raus.“

„Oh, Albert“, sagte ich und bemühte mich, meine Nasenlöcher zu verschließen.

Diesmal durfte ich im Fahrradkorb Platz nehmen. Albert lief mit heraushängender Zunge neben dem Rad her. Diesmal schlichen wir uns von hinten an den Garten heran. Niemand war zwischen den Bäumen zu sehen. Dennoch war mir unbehaglich zu Mute.

Albert zog uns in Richtung Schuppen.

„Wir müssen mit *ihr* sprechen", erklärte er. „Sie wird uns helfen."

Daran zweifelte ich, aber auf einen Versuch käme es an. Der Schuppen, in den der Mann die Colliedame gesperrt hatte, grenzte direkt an den Zaun. Das war praktisch, denn in einem der Bretter war ein Astloch, und dieses Astloch konnte man als eine Art Sprechanlage benutzen. Albert platzierte seine Schnauze davor und hauchte zärtlich: „Hallo-o?" Er bekam keine Antwort.

„Wenn du so flüsterst", sagte ich, „wird sie dich nie hören. Außerdem ist sie vermutlich längst von deinem Rasierwasser-Gestank in Ohnmacht gefallen!"

Albert setzte sich auf mich. „Sei still", sagte er.

„Mmmpf", sagte ich unter seiner linken Hinterpfote hervor.

„Hört auf zu streiten", sagte Andrea. Sie klopfte vorsichtig an die hölzerne Hinterwand des Schuppens. Und endlich rührte sich drinnen etwas.

„Bitte", sagte Andrea. „Wir brauchen deine Hilfe. Hörst du uns?"

Ein leises Bellen verriet, dass die Hündin das tat. „Was wollt ihr?", fragte sie. „Ich kann euch nicht helfen. Ich sitze hier fest. Sie sind sauer auf mich. Sehr. Sie geben mir nicht einmal etwas zu fressen. Ich muss lernen, genauer aufzupassen. Damit niemand mir folgt. Das stimmt." Wir hörten sie seufzen. „Ich bin kein guter Hund", fuhr sie fort. „Das mit der Polizei war meine Schuld."

„Das war nicht die Polizei", sagte Albert. „Das war Herr Schmidt. Er gehört mir. Und er ist bloß Verkehrspolizist. Mach dir keine Sorgen."

Ich stöhnte, konnte aber immer noch nichts sagen. Musste Albert das verraten?

Endlich gelang es mir, mich unter ihm hervorzuarbeiten. „Wo ist Piccolo?“, fragte ich.

„Das werde ich euch gerade sagen“, kam die Antwort aus dem Schuppen.

„Albert“, beschwerte ich mich. „Das hat doch keinen Sinn. Lass uns wieder gehen. Von mir aus kann sie hier verhungern, wenn sie möchte. Die ist doch nicht besser als ihre Herren!“

Ich wich aus, da ich glaubte, Albert würde nach mir schlagen oder wieder versuchen, mich platt zu sitzen, aber er sah mich nur an, tief verletzt.

„Sie hat Recht“, sagte die Colliehündin. „Vergiss es, Alfred.“

„Albert“, sagte Albert. „Und es stimmt nicht, dass du so bist! Sag, dass es nicht stimmt!“

Aus dem Schuppen drang eine schwere, traurige Art des Schweigens.

„Ich bin so müde“, sagte sie schließlich traurig. „Und ich habe Hunger. Ich weiß nicht, was richtig ist. Sie sind eben meine Herren. Herren muss man gehorchen.“

„Oje“, dachte ich. „Jetzt kommt der tragische Teil. Dem Opernsänger würde das gefallen."

Doch ehe jemand eine Arie anstimmen konnte, hatte Andrea die zündende Idee. Andrea, die nichts von unserem Gespräch verstanden hatte. Sie griff in ihren Rucksack und zog eine Dose hervor. Als sie sie öffnete, drangen aus der Dose die gesammelten Düfte von Papa Paolos Küche. Albert und ich beugten uns vor. In der Dose schwamm ein großes Nest goldgelber Spagetti in einer dicken Soße voller rosa Schinkenstückchen.

„Du hast bestimmt schon eine Weile nichts mehr gegessen", sagte Andrea entschlossen durch das Loch. Dann hielt sie die Dose da-

vor. Ich konnte förmlich sehen, wie sich der Schinken-Sahne-Duft aus der Dose erhob und begann, sich durch die Öffnung zu schlängeln. Wir hörten die Hündin erstaunt japsen. „Was ist das?“, fragte sie, und alle Tragik war aus ihrer Stimme gewichen.

„Spagetti Carbonara à la Collie“, erklärte Andrea. „Du könntest sie haben, wenn ... Ich würde dich befreien, weißt du. Ich würde über das Gartentor klettern und die Schuppentür öffnen. Irgendwie würde ich das schon schaffen. Dann könntest du die Spagetti essen.“

„Ja“, sagte die Colliehündin. Sonst sagte sie nichts.

Andrea hörte natürlich nur ein kurzes, zustimmendes Bellen. „Schön“, meinte sie. „Unter einer Bedingung. Du musst uns erzählen, wo der kleine, hässliche Hund ist.“

Wenig später saßen wir zu viert in dem engen Schuppen. Von außen war die Tür ganz leicht zu öffnen gewesen, und Gartenzäune haben einen Detektiv schließlich noch nie gestört.

„Es ist ja egal“, sagte die Colliehündin mit hängenden Ohren. „Sie haben mich sowieso aufgegeben. Erst bringe ich den falschen Hund an, dann taucht eine fremde Katze im Haus auf, und dann kommt auch noch die Polizei ...“ Sie stockte. „Da kann ich euch genauso gut gleich alles erzählen. Der kleine Hund ... Sie haben ihm etwas gegeben, damit er einschläft und nicht mehr dauernd winselt, weil sie das genervt hat. Apfelkorn. Einen Teelöffel Apfelkorn – danach schlief er tief und fest.“

„Oh Gott“, sagte ich und überlegte rasch, wie viel das Hundchen wohl wog. „Einen ganzen Teelöffel? Hoffentlich hat er keine Alkoholvergiftung!“

„Ihr hättet ihn beinahe gefunden“, fuhr die Colliedame fort. „Ich habe euch durch das Küchenfenster beobachtet. Ihr wart *so* nah dran!“

„Wo ist er?“, fragte ich verwirrt. Ich konnte mir beim besten Willen nicht erklären ...

„In der großen blauen Plastikdose mit dem rosa Deckel“, sagte die Hündin. „In der Mikrowelle. Aber keine Sorge. Die Dose hat Luftlöcher, und die Mikrowelle ist schon seit Ewigkeiten kaputt.“

Das Küchenfenster war jetzt fest geschlossen, ebenso wie alle Türen.

Ich hatte Andrea die Dose in der Gartenerde aufgezeichnet, und sie hatte verstanden – aber offenbar nützte alles nichts. Wir standen eine Weile ratlos herum, da drangen aus dem Fenster über uns Stimmen.

„Alles geht schief!“, rief die eine aufgebracht. „Ich habe überhaupt kein gutes Gefühl dabei. Warum zum Teufel können wir nicht noch ein paar Tage warten?“

„Eben deswegen! Weil alles schief geht. Weil sie sonst wiederkommen und den Hund doch noch finden! Wir müssen die Übergabe heute Nacht machen, sonst wird nichts daraus. Elf Uhr, dabei bleibt es. Und danach sollten wir eine Zeit lang von hier verschwinden."

„Aber der alte Platz? Können wir nicht einen anderen Ort nehmen? Ich weiß nicht, wer der Polizei den Tipp gegeben hat, unser Haus zu durchsuchen, aber vielleicht war es jemand, der uns beim letzten Mal dort beobachtet hat!"

„Quatsch! In dem Fall hätten sie uns schon damals gefasst! Der Platz ist perfekt! Nur – wir lassen Bella diesmal hier. Sie ist nicht mehr die Alte, seit der verflixte Zottelhund an unserem Zaun herumlungert. Sie könnte durchdrehen und das Ganze gefährden."

„Das ist das Erste, worin ich dir zustimme", antwortete der andere Mann. „Bella ist unzuverlässig geworden. Wenn du mich fragst ... wir sollten zusehen, dass wir sie loswerden. Wir können uns problemlos eine neue Hündin besorgen."

„Schade", sagte der erste. „Sie war gut. Aber du hast Recht. Nun, das Leben ist voller Abschiede. Morgen Früh fahren wir sie zum Tierarzt. Erzählen ihm irgendwas. Dass sie furchtbar krank ist. Wird ganz friedlich einschlafen, das alte Mädchen."

Die Stimmen entfernten sich. Bella ließ die Ohren noch tiefer hängen. „Das Leben ist voller Abschiede ...", murmelte sie.

Albert leckte tröstend ihr Fell. „Mach dir keine Sorgen. Du kannst bei uns bleiben."

„Wo ist der *alte Ort*, an dem die Geldübergabe stattfinden soll?", fragte ich.

Sie schien zu zögern.

„Du meine Güte, sie wollen dich einschläfern lassen!", rief ich ungehalten. „Sag schon, wohin gehen sie heute Nacht?"

„Es – ist etwas außerhalb der Stadt. Ein alter Parkplatz am Waldrand", erklärte Bella stockend. „Ich – ich werde euch hinführen."

Bis elf Uhr hatten wir noch eine Menge Zeit. Das Schlimme war, dass wir Bella im Schuppen zurücklassen mussten, damit die beiden Männer nichts merkten.

Ihre Flanken zitterten, doch sie ließ sich ohne Protest einsperren.

Wir warteten im Restaurant. Um viertel nach zehn kam Ricardo de la Canta hereingestürzt. Sein Strauß Sonnenblumen war zerknickt, und sein grüner Seidenschal verknittert. Er trug einen kleinen Koffer in der Hand.

„Ich habe einen Anruf bekommen, im Hotel", rief er atemlos. „Ich soll mich in mein Auto setzen ... oje! Sie lotsen mich dann per Handy zum Übergabeplatz ... um elf Uhr. Da tauschen wir dann – Geldkoffer gegen Piccolo!"

Schwer atmend fiel er auf einen Stuhl, der unter seinem Gewicht gefährlich quietschte. „Bitte – könnten Sie mir Ihren Lieferwagen leihen?"

„Hm, tja“, sagte Mama Maria. „Unter einer Bedingung. Wenn das alles vorbei ist, singen Sie hier bei uns im Restaurant eine schöne italienische Arie.“

„Oh nein“, dachte ich.

Um Punkt halb elf holten wir die Colliedame ab. Sie saß mit schreckgeweiteten Augen in ihrem Schuppen. „Ich dachte die ganze Zeit, jetzt stecken sie mich ins Auto und fahren mich zu diesem schrecklichen Tierarzt“, flüsterte sie. „Damit er mich einschläfert. Sie haben mich noch einmal gestreichelt ... so, als wäre es das letzte Mal ... oh ... aber dann sind sie wieder weggegangen ...“

Sie klang beinahe hysterisch. Hoffentlich würde sie uns den richtigen Platz zeigen. Doch Albert gab ihr einen beruhigenden Nasenkuss, und dann liefen Albert und sie vor Andreas Fahrrad her wie zwei ganz normale Hunde, die nachts noch schnell spazieren geführt werden. Ich saß wieder im Korb. Der Nachtwind pfiff mir um die Ohren, und mit einem Mal fühlte ich mich überhaupt nicht mehr besorgt, sondern nur noch wild und abenteuerlich. Kriminelle zu verfolgen ist manchmal beinahe besser als Spagetti. Wenn man einmal damit angefangen hat, kann man nicht mehr aufhören.

„Hier“, sagte Bella. „Das ist der Parkplatz. Manchmal parken Spaziergänger hier, um im Wald herumzulaufen, aber nachts ist er immer leer. Da drüben ist die Telefonzelle, nach der euer Menschenkind gefragt hat.“

Diesmal war Herr Schmidt vorgewarnt. Er hatte schon neben seinem olivgrünen Ausbund an telefonischer Scheußlichkeit gewartet und notierte sich jetzt eilig den Weg zum Waldparkplatz. „Scheint nicht weit zu sein“, sagte er. „Bin in zehn Minuten da.“

Das war so ungefähr der Zeitpunkt, zu dem uns einfiel, dass er sein Fahrrad nehmen musste. Den Lieferwagen hatte de la Canta.

„Oh Sch...“, sagte Andrea.

Wir verbargen uns im Schatten der Bäume. Es war zehn vor elf. Ein Auto bog auf den Parkplatz ein. Es hielt, und die Lichter erloschen.

„Das sind sie“, flüsterte Bella. Ich klammerte mich aufgeregt an Andreas Pullover fest. Minute um Minute verging, ohne dass irgendwo ein Fahrrad auftauchte. Und selbst wenn Herr Schmidt rechtzeitig da wäre, dachte ich, würde ihm auf einem Fahrrad niemand glauben, dass er die Polizei war. Nicht einmal der dümmste Entführer.

Zwei weitere Scheinwerfer durchschnitten die Nacht: Mama Marias Lieferwagen.

Das war de la Canta. Was sollten wir tun?

Endlich eine Arie

„Hier riecht es komisch“, sagte einer der Männer in den Anzügen, als er ausstieg. „Hattest du einen Unfall mit deinem Aftershave?“

„Ich? Nein“, antwortete der andere. „Ich dachte, du ...“

Ich hielt den Atem an. Albert. Er verströmte immer noch den Duft von 75 frisch rasierten Herrn Schmidts.

„Na ja“, sagte der erste Anzug-Mann. „Wird wohl unser Opernsänger sein. Da ist er ja.“

Und da war er. Ricardo de la Canta. Er krabbelte aus Mama Marias Lieferwagen wie ein großer, ungelenker Käfer (mit Seidentuch), und er trug brav seinen kleinen Koffer.

„Wo ist Piccolo?“, rief er über den Parkplatz. Seine Stimme klang hoch und piepsig – gar nicht wie die eines berühmten Sängers. Die Entführer sahen sich an und brachen in Lachen aus. „Piccolo? Meinen Sie Ihren Hund? Was für ein passender Name!“

Einer der Männer griff ins Auto und holte etwas Kleines, Pelziges hervor.

„Ha-hallo“, sagte das kleine Pelzige schläfrig. „Wa-was ist p-p-passiert? W-w-wo bi-bin ich?“

„Erst das Geld“, sagte der Anzug-Mann und legte Piccolo wieder ins Auto. „Dann den Hund. Kommen Sie langsam näher und geben Sie uns den Koffer. Wenn wir nachgezählt haben, kriegen Sie Ihren kleinen Liebling. Sie sind doch allein?“

„Natürlich.“ Ricardo de la Canta machte ein paar zögerliche Schritte auf die beiden Männer zu.

Sie gingen ihm ein Stück entgegen. Ich hielt den Atem an.

„Was machen wir jetzt?“, flüsterte ich.

„Keine Ahnung“, flüsterte Albert.

Eine Sekunde, ehe sich die Entführer und

der Opernsänger trafen, bog ein altes, klappriges Fahrrad auf den Parkplatz ein. Herr Schmidt sprang von dem Fahrrad und ließ es achtlos fallen.

„Hände hoch!“, rief er. „Polizei!“

Einen Moment lang sah es tatsächlich so aus, als würden die beiden Männer in den Anzügen die Hände hochnehmen. Dann sahen sie das Fahrrad und den unbewaffneten Herrn Schmidt. Einer der Männer sprang auf Herrn Schmidt zu und holte mit der Faust aus ...

„Wir müssen ihm helfen!“, flüsterte Andrea, und gleich darauf rief sie: „Jetzt!“

Albert, die Colliehündin, Andrea und ich schossen gleichzeitig aus unserem Versteck hervor. Wir stießen in der Mitte mit den beiden Entführern, de la Canta und Herrn Schmidt zusammen. Eine Weile hörte man nur gedämpfte Flüche, und überall waren Arme und Pfoten. Ich verlor die Übersicht. Immer, wenn ich einen Anzugärmel sah, kratzte ich danach, aber in dem Handgemenge wusste ich nie, ob meine Hiebe richtig landeten. Es war ein größtenteils stummer, verbitterter Kampf: zwei Hunde, eine Katze, ein kleines Mädchen und vier Männer in einem wirren, unauflöslichen Knäuel.

Und mitten in dem Knäuel kamen mir allmählich Zweifel daran, ob wir sie noch lange festhalten konnten. Wir hätten dringend Verstärkung gebraucht. Die Feuerwehr. Die Sanitäter. Die Heilsarmee.

Die Polizei.

Wie viel hätte ich jetzt um eine Polizeisirene gegeben! Ich sehnte mich so sehr danach, dass ich sie zu hören glaubte. Erst ganz fern, dann immer näher ...

„Verdammt", sagte es aus dem Knäuel heraus. „Das sind die Bullen. Los, wo ist der Koffer? Lass uns hier verschwinden, ehe es zu spät ist."

„Ceska!", rief Andrea. „Die Polizei ist da!"

„Oh", sagte ich. Also hatte ich mir die Sirenen doch nicht eingebildet.

„Natürlich ist sie da", keuchte Herr Schmidt irgendwo neben meinem linken Ohr. „Ich habe sie angerufen, ehe ich hergekommen bin. Was dachtet ihr denn?"

Das Knäuel begann sich aufzulösen. Zuerst erleichterte mich das. Doch dann begriff ich: „Haaalt!", rief ich. „Lasst sie nicht gehen! Haltet sie fest!"

„Sie – sie haben den Koffer", hechelte de la Canta. Er schien sich irgendwo unter mir zu befinden. „Wo ist Piccolo?"

Ich befreite mich aus dem Durcheinander und sah gerade noch, wie die beiden Männer in ihr Auto sprangen. Die Scheinwerfer flackerten auf wie nervöse Feuer, und der Motor heulte. Die Sirenen der Polizei waren jetzt ganz nah. Zwei Autos schossen auf den Parkplatz und bremsten quietschend, während die Entführer beschleunigten. Und dann ...

Der Weg zur Straße war frei für die Entführer. Beinahe. Denn im allerletzten Moment sprang ihnen ein heller Blitz vor die Reifen – die Colliehündin.

„Neeeeein!“, schrie Albert. Das Auto der beiden Männer machte einen Satz nach vorne, bremste, schleuderte und rutschte ... Ich schloss die Augen.

Etwas krachte. Holz splitterte, Metall barst.

Als ich die Augen wieder öffnete, war das Auto vor einer Fichte zum Stillstand gekommen. Die Reifen drehten sich noch in der trockenen Erde. Auch die beiden Wagen der Polizei hatten gehalten. Männer in Uniformen sprangen jetzt heraus und umstellten das gestrandete Fahrzeug. Die Türen öffneten sich langsam. Den Entführern war nichts geschehen. Sie sahen erschrocken und ein bisschen zerknittert aus ihren Anzügen, doch bis auf ein paar Kratzer waren sie unverletzt.

„Sie sind vorläufig festgenommen“, sagte

einer der Polizisten. „Alles, was Sie ab jetzt sagen, kann vor Gericht gegen Sie verwendet werden."

Doch keiner der beiden sagte etwas. Wer etwas sagte, war Piccolo.

Er hüpfte vom Hintersitz des Autos und rief: „Ricardo! Ich bin frei! Ich bin wieder da! Und ich habe sooo viel erlebt!"

Damit landete er in den Armen des Opernsängers, der glücklich lächelte. Ich weiß nicht, ob nur ich es hörte, aber vor lauter Aufregung hatte Piccolo aufgehört zu stottern.

Ja, Piccolo war frei. Die Entführer waren gefasst. Alles war gut.

Nur die Colliehündin konnte ich nirgends entdecken. Neben dem Waldparkplatz befand sich ein Graben, und während die anderen noch ihre Arme und Beine zählten, schlich ich mich dorthin. Eigentlich wollte ich nicht nachsehen. Aber wenn etwas Schreckliches in diesem Graben lag, musste ich Albert daran hindern, es sich selbst anzusehen. Ich krallte mich an einen Baumstrunk und lugte vorsichtig über den Rand. Sonst freue ich mich ja, wenn ich mit einer Vermutung richtig liege. Aber diesmal wünschte ich, ich hätte Unrecht gehabt.

Es *lag* etwas Schreckliches im Graben, zwischen dem welken Laub und den leeren Bierdosen, etwas, das sich nicht rührte. Es hatte das Fell der Colliehündin, ihre Ohren und Beine, und doch war es nicht Bella. Bella war fort, ein für alle Mal.

Sie musste von dem schleudernden Auto erfasst und zur Seite geworfen worden sein. Plötzlich spürte ich eine Maus in meinem Hals. Menschen fühlen immer einen Kloß dort. Bella hatte ihre Flucht im letzten Moment vereitelt. Aber zu welchem Preis?

„Das Leben ist voller Abschiede“, sagte jemand in meinem Kopf.

Das wirklich Schlimme war Albert. Albert war völlig hysterisch. Andrea und ich mussten ihn zu zweit festhalten, damit er nicht zum Graben rannte, nachdem ich meine traurige Nachricht überbracht hatte.

„Nein!“, bellte er ein ums andere Mal. „Nein, nein, nein! Das ist nicht wahr! Du lügst, Ceska! Sie ist nicht tot! Sie darf nicht tot sein!“

Er bellte noch im Auto, und er wäre aus dem Fenster gesprungen, hätte man das Fenster öffnen können.

Oh Gott, dachte ich. Albert war wirklich endgültig übergeschnappt. Verlieben sich Katzen eigentlich? fragte ich mich. Wahrscheinlich nicht. Wir sind zu vernünftig.

Eine knappe Stunde später saßen wir schließlich alle im *Ristorante del Sole*. Mama Maria und Papa Paolo waren noch einmal aufgestanden, und es gab „Spagetti Carbonara à la Collie“, wie Andrea sie genannt hatte.

Mit viel sättigender Sahnesoße und Schinkenstückchen für erschöpfte Abenteurer.

Piccolo bekam als Einziger Hundefutter. Andrea hatte dem Opernsänger erklärt, dass er das lieber fraß. Und zwar aus einem Napf.

Auf dem Fußboden. Ohne Halstuch. Ricardo hatte sich gewundert. Aber schließlich hatte er es eingesehen. Zwischen den einzelnen Bissen Supermarkt-Fleisch redete der kleine Hund unaufhörlich. Er stotterte nicht ein einziges Mal.

Alle schienen rundherum mit der Welt zufrieden – nur Albert saß in einer Ecke und sagte kein Wort. Er sah nur auf den Fußboden. Von Zeit zu Zeit raufte er sich seine Schlappohren. Ich versuchte, ihn zu trösten. „He, Albert ...“, flüsterte ich.

„Geh weg, Ceska“, knurrte Albert. „Du verstehst das nicht. Wirst es nie verstehen.“

Da sagte Andrea etwas Seltsames. Sie sagte:

„Wo ist eigentlich Herr Schmidt?“

Ich sah mich im Restaurant um. Wirklich.

Herr Schmidt fehlte. Mit einem Mal fiel mir auf, dass ich ihn auch im Auto nicht gesehen hatte. Hatten wir den Armen in der Aufregung vergessen? Wie peinlich.

Kaum hatte Andrea ihre Frage gestellt, da klopfte es jedoch an die Tür. Mama Maria und Papa Paolo rissen sich gegenseitig die Klinke aus der Hand, um zu öffnen.

Draußen stand – na ja, wer sonst: der vermisste Herr Schmidt. Ich sah aus dem Augenwinkel, wie Albert in seiner Ecke ein Ohr aufrichtete. „Hallo", sagte Herr Schmidt. „Ich bin mit meinem Fahrrad nachgekommen. Und ich habe jemanden mitgebracht. Gibt es noch etwas zu essen?"

Auf seinem Arm hing ein weicher, felliger Lappen. Ich reckte mich, um besser zu sehen. Es war die Colliehündin. Und sie wedelte langsam und erschöpft mit dem Schwanz.

„Ich habe sie im Graben gefunden", erklärte Herr Schmidt. „Sie ist eben erst aus ihrer Ohnmacht erwacht, und etwas stimmt nicht mit ihrer linken Vorderpfote. Aber das lässt sich sicher reparieren."

Eine Weile sah man dann nichts mehr von Herrn Schmidt und der Hündin, weil Albert beide ableckte.

„Ich glaube“, sagte Ricardo de la Canta in die entstandene Stille hinein, „ich glaube, jetzt wäre es Zeit für meine versprochene Arie.“

Ich hielt mir die Ohren zu.

Aber dabei grinste ich ein breites Katzengrinsen.

Antonia Michaelis wurde 1979 in Kiel geboren. Fünf Jahre später begann sie, ihre Umwelt mit (damals noch unleserlichen) Büchern zu überschwemmen. Während der Schulzeit in Augsburg schrieb sie ihre Bücher heimlich unter dem Tisch, danach arbeitete sie eine Zeit lang in Indien als Lehrerin und erfand für die Kinder Geschichten auf Englisch. Inzwischen studiert sie in Greifswald mit wechselnden Erfolgen Medizin, lebt jedoch noch immer für ihre Bücher.

Silvio Neuendorf, 1967 in Düren geboren, studierte Design in Aachen und illustriert seit 1995 Bücher für Kinder und Erwachsene. Sein Lieblingsmotiv ist ein kleines Nashorn, das er in jedem seiner Bücher versteckt. Silvio Neuendorf lebt mit seiner Frau und seinem Sohn auf einem Bauernhof bei Aachen.

So bereitet ihr die Spagetti zu:

Wasser mit einer Prise Salz und einem Teelöffel Öl in einem großen Topf zum Kochen bringen. Die Spagetti hineingeben. Auf der Packung steht, wie lange sie kochen müssen.

Jetzt die Erbsen mit der Butter und einer Prise Zucker in eine große Pfanne geben und erhitzen. Den Schinken in kleine Streifen schneiden. Zu den Erbsen geben, sobald sie aufgetaut sind (mit einer Gabel probieren). Albert sagen, er soll aufhören, den Schinken aus der Pfanne zu klauen. Jogurt dazu, umrühren.

Die fertigen Spagetti in ein Sieb abgießen und auch in die Pfanne geben. Jetzt den Käse in kleinen Stückchen unterrühren, bis er schmilzt. Das Ganze mit Brühe und etwas Pfeffer würzen. Die Colliedame zum Essen rufen.

Guten Appetit!